SOLSTÍCIO DE VERÃO

SOLSTÍCIO DE VERÃO

Edna Bugni

PRIMAVERA
EDITORIAL

Para *David Aguilar*,
que viu fecundidade onde eu só via deserto.

Agradecimentos a
Francisco Viana e *Renato Modernell*

"Quem, se eu gritasse, entre as legiões
dos Anjos, me ouviria..."

Rilke

"... já nada além da sede de ar rachando o firmamento
já nada além das pinturas ruprestes do terror
já nada além de deus incapaz de socorrer."

Gyorgy Somlyó

Sumário

Introdução

Deixei a luminosidade do sol me despertar aos poucos. Lentamente ia me conscientizando do dia especial; o dia do meu aniversário de 50 anos. O último dia do ano! E eu estava sozinha...

O que fizera da minha vida para isso acontecer? Perguntei-me, em voz alta, já completamente desperta, sentindo a angústia pesar no peito. Respirei fundo e resisti. Não, hoje não ficaria triste. Hoje seria um dia para viver em plenitude, um dia essencialmente de celebração. Reagi rapidamente e, em um gesto rápido, pulei da cama. Um banho e uma roupa confortável. Saí para o pomar e me encantei com os pássaros a comer frutas. Sanhaços na goiabeira, sabiás no pessegueiro e maritacas no pé de acerola. A natureza estava sendo generosa comigo ao mostrar os seus mais belos pássaros. Se eu tiver sorte poderei encontrar algum mico-da-cara-preta na trilha pela mata. Colhi algumas goiabas do pé, provocando a fuga do casal de sanhaços; mordiscando-as saí para a floresta.

Durante mais de 40 minutos caminhei feliz. Algo novo sempre me esperava: uma flor, uma folha esquisita, uma pedra de veios coloridos, um canto de pássaro ou, então, a surpresa de algum animal cruzando furtivamente o caminho. Eu ia devagar, buscando detalhes – a luminosidade do sol entre as folhas, a raiz de alguma árvore ou um galho pendendo um pouco mais. Uma das trilhas levava à casa de Marília. É o aniversário dela também! Vou convidá-la para almoçar e lhe dar um presente: um brinco de esmeraldas e diamantes; um mimo que me dei quando concluí um grande contrato, anos atrás. Na ocasião, sentia-me poderosa! Agora... nada significa. Marília tem olhos verdes e a moldura de esmeraldas será o toque perfeito.

Avistei a sua casa logo depois da curva; encontro-a no jardim. Beijamo-nos com alegria genuína – e com a surpresa em me encontrar ali – Marília me perguntou sobre Londres. Convidei-a para o almoço. Falaria de Londres, de Santiago. Combinamos o encontro; não sem antes um banho de cachoeira, parte do ritual do nosso solstício... o sol parado em um ponto exato no céu. Lembrei-me que em todas as culturas primitivas, o *Solstício de Verão* estava associado à celebração do Sol como divindade e símbolo do processo criativo do Universo. Sociedades nas quais havia a dualidade de poder entre o sol e a lua. Um deus, uma deusa. Os homens acreditavam que o poder da criação, a fertilidade e a fecundidade deslocavam-se do espaço luminoso, a partir do *Solstício de Verão*, para se fixarem no escuro, no invisível, na profundidade da Terra, no ventre da Deusa... Eram culturas cujo poder central se alternava e o culto às divindades era realizado de modo pendular e dualístico, baseado nos movimentos celestes. O *Solstício de Verão* era ritualizado como o ápice do poder solar; e o início do retorno cíclico do poder à deusa-mãe.

Retomei a caminhada, mas estava preocupada com Marília. Achei-a com um ar embotado; uma respiração um pouco mais rápida do que o normal. Senti minha amiga intranquila... Olhei para o sol, ainda oblíquo nas ramagens das árvores, e segui o meu caminho. Meu olhar atento continuava a buscar algum sinal despercebido ao longo desses anos, marcas de uma natureza sempre maior do que minha capacidade de absorvê-la. O som dos meus passos, o sol e a sombra, a profusão de um verde quase opressivo, o canto dos pássaros me narcotizavam. Incorporava os estímulos. Não pensava neles, apenas os sentia. Isso era para mim a paz. Por fim, voltei para casa e comecei a organizar o almoço. Estava cheia de energia. Mesa no terraço, flores, vinho gelando, as ervas na comida perfumando o ar... Era quase meio-dia quando Marília chegou. Seguimos pela trilha até a cachoeira, em silêncio.

— Esse banho de cachoeira está atrasado em mais de uma semana. Rituais de purificação seguem o calendário dos astros, não o dos homens. Ele deveria ser feito neste ano em 22 de dezembro, no Solstício de Verão! Lembre-se disso no próximo.

Face ao comentário, respondi com o ar cético:

— Marília, a intenção também é importante. Soma-se à energia cósmica desejada, buscada. Se nos concentrarmos, esse banho será tão energizante e purificador quanto àquele do *Solstício de Verão*.

— Talvez!

O sol estava a pino quando chegamos à clareira onde a cachoeira molhava a mata. Apenas no verão eu conseguia entrar nessas águas, tal a temperatura delas. Águas correntes sob a floresta, entre pedras e sombras, nunca se aquecem. Despidas, silenciosamente entregues aos próprios pensamentos, mergulhamos no fosso. O choque no corpo era inevitável. Com a respiração entrecortada, o peito paralisado de dor, emergi em busca de ar. Nadando vigorosamente contra a correnteza, consegui agarrar-me a uma pedra embaixo da queda d'água. Apoiei-me e em um movimento ágil, subi permitindo a ducha cair com todo o vigor sobre minha cabeça. Impossível pensar; possível sentir... A água estava muito fria, abundante.

Pouco a pouco fui me acostumando à água gelada e pude perceber as sensações do meu corpo. Os músculos relaxando, a cabeça desanuviando-se, a respiração se soltando. Deixei-me ficar enquanto pude, até sentir frio. Voltei a mergulhar, saí da água buscando uma pedra seca sob o sol. O sol do meio-dia, em curvatura de solstício, caía perpendicularmente na clareira. Marília repetiu o mesmo ritual que eu – o mergulho, o ficar embaixo da cachoeira, o sorriso de susto paulatinamente substituído pelo de prazer. A mesma pedra compartilhada ao sol. O silêncio pleno dos pensamentos, quiçá das orações. Voltamos em silêncio pela trilha. Em paz. Purificadas. Nossos ancestrais associavam a celebração do solstício também aos aspectos práticos da vida, ao tempo de acasalar-se, procriar, plantar, colher. Assim, o *Solstício de Verão* era a celebração do Deus-Sol, dos casamentos e das colheitas. A celebração da própria vida.

À mesa do almoço, recomeçamos as conversas interrompidas há uma semana.

Capítulo 1

[22 DE DEZEMBRO]

A astronomia usa a palavra solstício para designar a posição do Sol em um momento em que o astro-rei se encontra em determinado ponto. Mais do que isso, trata-se do momento exato para uma posição exata! A palavra tem origem no latim e o significado diz muito sobre esse momento especial – *solstitium* significa sol parado.

Estranho pensar sobre isso justamente nesse momento da minha vida. Meu coração e útero sangram. Estou contraída, sangrando em uma sala de amplas janelas, olhando a tempestade prestes a cair sobre a cidade. Meu corpo reage à dor desde o momento da partida de Jorge. Há uma contração enérgica no peito: músculos, coração e pulmões impedindo o ar de entrar. Tento respirar, mas estou imobilizada, sufocada. Todos os músculos doem – o ombro, o dorso, a nuca, a cabeça... Estou sozinha. Talvez, nesse momento, a solidão seja o que de melhor possa me acontecer. Não suportaria contar histórias e ter que esclarecer para outros, fatos que não estão claros nem para mim. De concreto há apenas o abandono de Jorge. O abandono de um casamento de 27 anos!

Em um almoço, há menos de uma semana, exatos cinco dias, Jorge disse-me, como quem diz algo banal:

— Viajo hoje à tarde e ficarei fora por três dias, mas quando voltar não voltarei mais para esta casa. Nosso casamento se acaba neste almoço. Estou apaixonado por outra mulher e quero viver com ela. Vou viver com ela.

Estas frases curtas e cruas ecoam em meu cérebro ininterruptamente; não há um minuto de trégua sequer. Penso, repenso e morro de pena. Sinto o abandono como o mais miserável dos sentimentos; um sentimento a esmigalhar a auto-estima. Nada sobra na alma de uma mulher quando ela é trocada por outra. Pior ainda se a moeda de troca for a idade. A mulher por quem Jorge se apaixonou tem metade da minha idade. Vinte e cinco anos! Dois anos a menos do que o nosso casamento...

Tenho tentado, mas não há saída. Os caminhos pressupostos e imaginados me soam ocos e inconsistentes. A estrutura se quebrou e não dou conta de refazê-la; qualquer atitude estará descolada do meu espírito. Sinto que perdi a alma! Por que o abandono do Jorge me feriu tanto? - continuo me perguntando. Considerava o casamento como um fato bem resolvido em minha vida; um projeto racional e sólido. Tínhamos projetos individuais, caminhos próprios. Éramos próximos, porém, distintos. Morávamos na mesma casa, dormíamos na mesma cama, fazíamos sexo. Jantávamos frequentemente juntos. Celebrávamos o Natal e o Ano-Novo. Festejávamos os aniversários, inclusive o de casamento! Éramos polidos... talvez polidos demais! Éramos indiferentes.

Percebo tanta coisa agora. Cadê a cumplicidade de 27 anos juntos? Cadê a ternura nas pequenas coisas do cotidiano? Cadê os gestos de desejo? Cadê o interesse genuíno pelos projetos do outro? Cadê o vasculhar da outra alma em busca dos sonhos mais secretos e das possibilidades de viabilizá-los? Cadê as grandes brigas e as catarses da reconciliação? Vejo que o amor teve efêmera existência; um fogo de paixão devorada por projetos pessoais, pelo contrato de convivência. Um trovão mais forte me assusta e me faz estremecer. Aperto ainda mais as mãos suadas. Gostaria de ter percebido o ponto de inflexão, o momento da primeira fagulha de insatisfação em Jorge, a necessidade buscar algum fogo capaz de inflamar o coração. Manter o coração gelado era confortável para mim. Sempre foi.

Jorge não era assim? Talvez não o fosse. Para ele, o estilhaço foi a partida de nosso filho Santiago para Londres há dois anos. A relação com o filho foi sempre envolvente; os brinquedos de infância: carrinhos, soltar pipas ao vento, passeios de bicicleta, jogos de futebol, partidas de xadrez... Mais tarde, na adolescência, construíram uma cumplicidade entusiasmada. Quando Jorge comprou o barco, desciam a serra, nos fins de semana, rumo a Ilhabela. Durante anos foram horas ao mar nas tardes de sábado. Apenas os dois a consolidar essa relação masculina. Maciça, porque ambos se apoiavam nos mesmos valores; nas mesmas atividades de força física, do prazer com o mar. Completos, velejavam ao léu ou participavam de regatas, disputando-as com sucesso. Era um universo de homens do qual eu não participava. Eu e Santiago navegávamos por outros mares – intermináveis conversas ao fim da noite, o percorrer o espaço urbano dos cinemas, teatros, salas de concerto. Meu filho convivia comigo durante a semana e, nos fins de semana, ele e o pai se tornavam homens do mar. Continuávamos sendo uma família com um cotidiano compartilhado, mas septado, sem projetos comuns. Santiago tinha uma imensa habilidade em conviver conosco sem se dividir. Era amigo dos dois. Ele somava.

Quando Santiago terminou a faculdade e foi para Londres fazer pós-graduação, rompeu-se o universo familiar. Eu e Jorge ficamos sem o sopro da juventude, a energia renovadora do cotidiano. Foi difícil perdê-lo, mas o meu universo não se desorganizou muito. Continuei fazendo as mesmas coisas – algumas sem ele –, sem grandes traumas. Com Jorge foi diferente. Santiago era o seu parceiro de regatas, do mundo no fim de semana. Ele ficou perdido e tentou buscar outros parceiros, mas ninguém conseguiu substituir o filho. Acabou desistindo, vendeu o barco. Velejando, ele não se dava conta da juventude consumida. Com a partida do filho e o fim do veleiro, o peso dos 50 anos e da solidão chegaram abruptamente. Eu, habituada a uma rotina sem Jorge, não me dei conta desse momento doloroso. Foi o ponto zero e Jorge começou a mudar. Nosso casamento já não lhe convinha, não aplacava a sua angústia. E eu não percebi.

A saída de Jorge decepou o meu cinismo. O jogo não é mais meu. Independente do controle que eu exercia – ou pior, fora de qualquer controle exercido por mim – as cartas foram lançadas e eu perdi. Momento doloroso. O pior de todos. Como saber? Convivi com imensas perdas. A todas, deixei acontecer: primeiro com dor, depois com endurecimento e, por fim, com resignação de mulher prática e sábia. Sentia a mágoa, aparava o golpe e escondia a ferida; enrijecia e me convencia de que iria passar. Passava, mas agora é diferente. Minha alma não responde à velha lição de resistência e resignação; ela se rebela. Não aceita esse abandono. Reconhece-o como diferente de todas as perdas. O mais denso contrato se rompe.

Um lampejo me ilumina. Pela primeira vez em cinco dias, sorvo um pouco de ar e consigo respirar. Olho-me com estranheza de quem não se reconhece nesse jeans e camiseta branca. Eu, a mulher executiva, habituada a trajes e sapatos luxuosos. Desvio os olhos do meu corpo e lentamente percorro as paredes da sala. Os quadros, adquiridos ao longo da vida, contam um pouco a nossa história; a saga desse casamento.

Vale a pena lutar por Jorge? – ainda me pergunto. A qualidade da nossa relação é sólida o suficiente? Ainda tenho energia? Desanimada e confusa, estendo-me no sofá. Quero chorar e não consigo. Apenas a dor seca, apertando o peito. Não! Não vale a pena lutar. O casamento acabou. Terminou melancolicamente. Tenho a sensação do fim; do fim da vida.

Fecho os olhos, os pensamentos estão livres. Penso em Santiago. Maduro aos 24 anos. Distante. Não conta mais comigo;

tem voo próprio. Estuda, trabalha na sua pesquisa, namora. Nem virá para o Natal! Talvez se ele estivesse comigo a situação fosse menos sombria. Meu único vínculo. Mas esse amor não me preenche. Não basta amar esse filho ausente para me sentir viva. A noite começa lentamente. Escurece. A chuva finalmente começa a cair. Muda a eletricidade do ar; relâmpagos! Ah, se a catarse viesse. Se eu pudesse viver essa tempestade dentro de mim: faiscar-me em raios, descarregar-me em trovões e depois sobrar o pranto de chuva. Impossível.

A Lua – o mais antigo sistema de contagem do tempo – sempre foi usada para medir curtos ciclos de tempo como a semana, pois suas fases evoluem em sete dias. Mais tarde, o movimento do Sol foi acrescentado para medir as longas distâncias de tempo: as estações e o ano. Os solstícios e equinócios – mudanças de estações – eram datas de celebrações associadas aos cultos religiosos, casamentos e ciclos agrícolas. O primeiro calendário solar, baseado na contagem dos dias, meses e anos surgiu em Roma, por volta do ano 725 a.C. Durante os séculos seguintes houve um processo de aprimoramento contínuo do sistema de mensuração do tempo – processo que culminou no Calendário Gregoriano, em 1582, instituído pelo Papa Gregório XIII.

Conectada com energias antigas, acredito que este dia é o mais importante do ano. *Solstício de Verão*! Um dia de renovação, de dedicar-me aos deuses Terra e Sol. Portadores do relógio e ritmo da vida, do ciclo do planeta. Desde quando sei disso? Desde sempre. Das conversas, ainda pequena, com minha avó. Suas crenças e cultos; seus valores de respeito à natureza e aos deuses que a governam. De como me entender com eles, de suas oferendas e rituais. Esse patrimônio espiritual, adormecido por anos, começou a fluir aqui, no Triângulo das Bromélias – lugar onde me permiti exercitar a busca e o contato com a divindade. Hoje é um dia sagrado, por isso jejuo desde o nascer do Sol. Purifico-me a cada momento: acendo velas, queimo incensos, tomo banho de rio, medito e rendo adoração ao Sol. Os meus rituais...

Mesmo depois de tantos anos de convívio, ainda vejo certa perplexidade em Francisco. Nativo de uma formação católica rígida, meu marido tem dificuldades, mesmo hoje, de lidar com divindades tão amplas. As nossas crianças cresceram sob essa ambivalência, foram influenciadas por ela. Cada um reflete essa cultura de maneira individual, peculiar. As gêmeas, em seus 21 anos, expressam de forma singular essa ambiguidade: Anais é mística, turva, imprevisível. Por certo, o contato com a religiosidade materna empurrou-a para a Índia, onde procura deuses no universo do misticismo hindu, em meio a Vishnu, Brahma e Shiva. Ana, ao contrário, é plana, transparente, racional. Não há espaço para o sagrado em sua vida. Os meninos, em plena adolescência, transitam de um polo a outro, sem se deter. Mas isso não me incomoda. As minhas crenças são pessoais e não um ritual familiar. É a minha herança cultural, minha experiência enriquecida pelo contato com a natureza. Se será a herança deles... não sei e não me importa. Se Marília – amiga com a qual divido o nome e a trajetória da vida – tivesse vindo, seria uma celebração única. Há tempos, Marília fala sobre o desejo de repensar a espiritualidade; de se desprender de objetos e equilibrar-se. Mas, ainda não foi dessa vez... Adiaremos de novo!

Penso nisso enquanto percorro a trilha até a cachoeira. Há 16 anos faço este caminho. A opção por esse pedaço de terra, durante a partilha dos bens de meu pai, foi pela existência da floresta, da trilha e da cachoeira. Um lugar com esses tesouros e energia é um privilégio, uma benção dos deuses. Esse é o espaço perfeito para viver e ser feliz. As gêmeas ainda não tinham cinco anos quando rompemos com a vida urbana. Foi uma decisão ousada! Francisco e eu abrimos mão de empregos estáveis e carreiras em ascensão para nos instalar nesse sítio; viver dessa terra. Não foi fácil. Praticamente, tivemos de aprender tudo sobre a terra, a agricultura, o plantio de frutas, a criação de animais. Sobre a arte de tecer, tingir e extrair pigmentos da natureza. Eu me lembro da chegada do primeiro plantel de frutas e da entrega do meu primeiro tear – uma geringonça imensa com paus articulados, preenchendo toda a sala. O primeiro lote de carneiros, os pequenos cordeiros extasiando as meninas. Ah, quantos projetos eu tinha! Quinze anos depois... eu os vejo, em grande parte, concretizados. É uma sensação boa, de realização. Valeu a pena ter aprofundado a minha pesquisa em pigmentos naturais; ter me empenhado em buscar as cores e os tons puros da terra para, depois, aplicá-los nos meus fios e tecidos. Constatar o prestígio dos meus tapetes é muito bom.

Só há sombras na clareira quando a alcanço. O Sol não é mais visível nessa hora da tarde. Significa um banho mais frio, mas esse é o instante exato! O Sol está a meio caminho do poente, a perfeita conjunção cósmica e energética. Lentamente, já despida, mergulho e sinto o choque da água gelada sobre meu corpo nu. Ofegante, subo à superfície e respiro. Luto para me manter no lugar, em meio ao turbilhão. Com força, dou algumas braçadas contra a correnteza até alcançar a queda d'água. Quase não consigo. Sinto o ar faltar no peito e uma leve tontura faz as pedras rodarem ao meu olhar. Este maldito cigarro! – penso. A cada dia afoga um pouco a minha respiração, deixa-me cansada à toa. Devo parar de fumar. A cachoeira nunca esteve tão longe do meu alcance.

De novo, respiro fundo e mergulho. Submersa, controlando a saída de ar, vou tentando me aproximar. É mais fácil assim. Agarro-me à borda de uma rocha e subo; mais um passo e estou embaixo da torrente. Concentro-me para absorver toda a energia. Purifico-me com o mais fluido dos elementos: a água! Imóvel, sinto-a caindo sobre minha cabeça e ombros, trazendo vitalidade. Deixo-me ficar até perder a sensibilidade, até só conseguir perceber as fagulhas de gelo batendo em meu corpo anestesiado. Saio e sinto, como uma carícia, o ar quente em minha pele; respiro aliviada. O banho gelado me tonifica. Busco a toalha branca e nova. Sempre branca e sempre nova! Esfregar-me. Enxugar-me. Aquecer-me. Modular a energia captada. Sempre em círculos – da esquerda para a direita; o calor partindo do coração e espalhando-se. Permitindo a harmonização dos meus sentimentos para que prevaleçam sobre a razão. Que eu possa viver ouvindo meus instintos, expressando minha sensibilidade e praticando meus valores! Amém.

Visto-me de branco, inteiramente de branco. Roupas em renda e cambraia; diáfanas e macias. Acaricio o corpo magro e ossudo; cabelos longos e crespos onde fios brancos, paulatinamente, vão se misturando ao castanho. Olhos vibrantes, barriga lisa, seios pequenos. Movimento o colo e o pescoço com movimentos circulares, da esquerda para a direita. Faço com os braços um movimento amplo, desenrolando-me e respirando. Estou pronta em tempo de subir ao alto da colina para o pôr-do-sol. O ritual final! Não é fácil a caminhada trilha acima até a pedra branca, o local sagrado. Parece-me que a montanha espichou ou se inclinou mais. Ou, então, meu fôlego se encurtou. Estou sem ar e com o coração batendo descompassado; os músculos da perna tremendo. Preciso cuidar disso! Quando as festas acabarem preciso parar de fumar. Se eu conseguisse antes...

Ofegante, chego ao topo e sento-me no chão. Apoio-me quieta na pedra e a respiração vai se normalizando.

O Sol mostra uma beleza espectável nessa hora. Talvez porque esteja mais próximo, ilumine e energize mais. Essa é a força a captar! A energia do Sol é a energia da vida, a vibração a ser buscada. Concentro-me: espinha ereta, pernas cruzadas na frente, mãos em concha. Olhos fechados, roupa branca, cabelos molhados e escorridos pelo ombro. Fixo-me no ponto luminoso à minha frente. Sinto-me tocada – primeiro como um calor tépido; pequenas fagulhas pulsando nos chacras e, por fim, em todo o meu corpo.

O astro se torna um ponto luminoso, pulsátil. Cresce e se torna uma forma geométrica: um pentágono pulsando com o ângulo mais agudo apontado para o céu. Ondas me invadindo, absorvendo e fazendo o meu coração vibrar ao mesmo ritmo do Sol... Ritmadas, violáceas e douradas ondas partem do ponto luminoso e incorporam-se à minha matéria. Sou toda energia e me confundo com o Sol. Sou o próprio Sol! Permaneço pulsando, eu e o Sol, até a bola de fogo se esconder no horizonte. Entardeceu. Lentamente vou respirando, aquietando o meu coração e começo a me perceber como um corpo. Os deuses pousaram a mão em mim! Penso emocionada e quase chorando. Abro os olhos e sinto a brisa brincar com os meus cabelos e com as folhas. Canto de pássaros, zumbido de abelhas, estalo de galhos, farfalhar de folhas ao vento... os sons da natureza! O Sol, eu e a natureza integrados e fundidos no êxtase, a comunhão com o sagrado.

Por onde andou o meu pensamento é algo pertinente apenas à minha alma. A razão e a consciência de nada sabem; apenas percebem o meu corpo sensibilizado e frágil. Meditar, ir ao encontro dos deuses e transcender são coisas do meu espírito. Eu só sei fazê-las assim.

Levanto-me, sabendo-me enriquecida, e começo a voltar. Minhas inúmeras partes se fundiram ao uno para me tornar inteira. O meu novo ano começa sob a proteção do Sol. Apaziguada e emocionada, retomo a trilha. É noite fechada quando me aproximo de casa. Escura e sem Lua. Francisco e os meninos, na cozinha, organizam o jantar. Jejuei e agora celebraremos à mesa. Ele tem um prazer especial nessa tarefa. Peixes, vegetais, pão preto e vinho. Pudim e frutas secas. Chego faminta, beijo-os e vou para a varanda. Fico ao lado de minha filha. A noite está perfumada pelo jasmim. Usufruímos a companhia silenciosa uma da outra nesse estado no qual estar é suficiente.

Algumas coisas bastavam na vida, eu acreditava. Cercar-se de obras de arte e frequentar lugares refinados, por exemplo. Passear por caminhos onde objetos eram colocados com um (des)cuidado artístico como se estivessem ali por acaso, apenas pelo prazer do olhar. Gostava disso. A estética me nutria; peças como esta madona em pedra – com as mechas de cabelo lascadas – colocada na mesa do canto da sala.

Ponho-me a lembrar onde compramos tal obra. Sorrio. Um sorriso misturado com ternura e saudade. Foi em uma viagem à Minas Gerais, anos atrás. Eu, Jorge e Santiago, no começo da adolescência. Tento captar as memórias desse dia; a minha família era tão sólida, então. Acreditava nisso, sentia assim. Foram dias agradáveis aqueles: manhãs de sol, luz batendo no casario. Sensação de paz, de pertencer a algum lugar. Andar a esmo e pisar em pedras colocadas quatro séculos antes. Sentir a aspereza - seria solidez? - sob a sola de cordas da alpercata. De quando em quando, entrar em um ateliê anônimo. Em meio a tantas obras repetitivas, encontrar alguma genialidade... essa madona.

E agora? Apenas a noite recheada de barulhos de chuva. A solidão substantiva. Escura, sem saída...

Telefono para alguém? Haverá um ombro a dar-me abrigo? Não! Não tenho ninguém íntimo a ponto de me permitir desmoronar. Sempre houve um limite invisível com meus amigos. Mostro-me sempre bem resolvida e agora não me disponho a pagar o preço por um fiapo de solidariedade ou uma réstia de carinho. Talvez Marília seja a única amiga a me entender. Mas hoje ela celebra o *Solstício de Verão*. Não vou quebrar a paz com minha pequena-tragédia-pessoal. Como me apresentar destruída? Não conseguiria. Não hoje; não agora. E essa vontade de ligar para Jorge? É o mesmo pensamento voltando em espiral. Sem fim. Há cinco dias! A fome por explicações, a fantasia de cogitar que o entendimento doeria menos. Ousada e insegura ao mesmo tempo, arrisco. Tento o celular? Apenas um número - este é o final da minha história com Jorge -; 27 anos se resumem a um número de telefone móvel.

Não penso! Respondendo ao impulso, pego o telefone e teclo com o coração contraído; parado em sístole. Qual será a minha primeira palavra se ele atender? Peço para ele vir até em casa? Proponho um encontro em um lugar neutro? O que eu posso dizer? Um, dois, três toques... Apenas a caixa postal. Frustrada – e paradoxalmente aliviada – intuo a importância de não desistir. Deixo mensagem:

— Jorge, quero conversar com você. Preciso entender o seu gesto. Não, você não precisa me explicar (o ar de independência surge, como sempre, dominando). Mas eu preciso olhar nos seus olhos para compreender. Por favor, ligue para mim.

Desligo o telefone ainda mais vazia. Ansiosa e angustiada, especulo qual será o tom da resposta. Se houver uma. Minha intuição nada me diz. Terei que aguardar. Esperar será insuportável. Preencher o tempo... é isso! Um banho, talvez. Céus! Lembro-me do Natal que será em dois dias. A obrigação de repetir o infindável ritual com a família. Não importa o quanto esteja destroçada, mas preciso estar lá e cumprir o que sempre esperaram de mim: mulher inteira, dona de todas as certezas. Como falar da separação, mostrar a minha tristeza? Não vou falar nada. Mas, como justificar a ausência de Jorge? Com que história vou escamotear a verdade? Talvez possa falar sobre um voo fictício a Londres para passar o Natal com o filho. É verossímil! Será a minha versão porque explica bem o chegar sozinha na noite de Natal.

Vou para o chuveiro, mas deixo a porta aberta aguardando a ligação de Jorge. Tentar compreender os movimentos dele nos últimos dias, avaliar a lógica de seus pensamentos e emoções é algo estranho para mim. Temo não saber mais interpretar as atitudes do homem com quem fui casada por tantos anos. Triste, abro o registro de água e vou tirando a roupa lentamente. Primeiro os sapatos, o jeans e, por fim, a camiseta. Nua, olho-me no espelho; a nitidez borrada pelo vapor do chuveiro quente. Avalio o meu corpo de 50 anos. Transborda a mágoa por ele ter vivido 25 anos a mais; por ter absorvido, retido esse tempo – e agora expor, rude e cruelmente –, as marcas desse viver. Perco para outra mulher mais jovem. Perco para aquela por quem Jorge se apaixonou. Perco para a juventude e não há como lutar contra os 25 anos da diferença biológica. Posso até defini-la com substantivos: turgor, flexibilidade, elasticidade, vigor... Tantas palavras a traduzir essa terrível sensação de estar velha.

Deito na cama e não durmo. Há cinco noites é assim. Busco o repouso e o esquecimento no sono, mas os pensamentos vêm como granadas explodindo em mil fragmentos de passado. Uma dor insuportável. Fico imaginando o encontro com Jorge. Indago se ele atenderá o meu chamado. E os argumentos, as visões? Falas dessa conversa, girando em espiral, tentando expressar meus sentimentos. Consigo saber sobre eles? Vasculho minha alma tentando entender. E quando relembro a frase maldita, começo a chorar. Choro estrangulado. Contraio a garganta, a náusea me envolve no rescaldo das lágrimas. O meu corpo inteiro berra de dor; rejeita a separação. Lá fora há o silêncio. A chuva continua a cair. Ajeito-me na cama, respiro fundo. Tento relaxar, mas estou muito assustada. E pensar que tinha tudo sob controle dias atrás. Ironia... Descontrolo-me. Mesmo se Jorge me procurar amanhã, mudaria essa realidade? A suposta solidariedade não anulará o abandono. Ele partiu apaixonado por outra mulher. Não há retorno. Estou excluída. Sinto a separação como a dor de lâminas de mil punhais.

Excluída. Pela primeira vez penso em terminar tudo. Como um raio a trazer luz e, em seguida, a destruição. Essa idéia me ilumina. É um caminho. O mais consistente até agora. Não mais usar os dias a montar estratégias para batalhas. A vida, para mim, foi sempre uma guerra – um combate diário para justificar a existência estúpida.

— Pare, Marília!

Digo a mim mesma que é melhor tomar alguma pílula e tentar dormir. Dar um tempo...

Percebo o desejo no olhar de Francisco à mesa, durante o jantar. Meu ar místico, minhas roupas brancas e diáfanas – oscilando entre o sagrado e o profano – devem estimular suas fantasias. Com o olhar, devolvo a mesma emoção. Além da atração, tenho ternura por esse homem; por esse rosto de guerreiro onde a barba e os cabelos grisalhos emprestaram suavidade. Noto sua expressão tranquila, satisfeito com a colheita de frutas recém-terminada. Foi uma boa safra. Tememos por ela por semanas. Na agricultura é assim: mesmo com importantes variáveis sob controle há o imponderável, a parcela da natureza; os seus ciclos e caprichos. Com comportamento até previsível, mas incontrolável há de se lidar com seus humores atípicos. Não é fácil trabalhar com a terra. Paradoxalmente – se os deuses são benevolentes como o foram esse ano – o prazer é incomparável. Ver, apalpar, conter entre as mãos os frutos e sentir seu perfume em um fim de tarde preenche um espaço da alma ligado ao nosso arquétipo primitivo. Poderoso e insubstituível. É por esse êxtase que, de novo, a cada ano, lançamos-nos à aventura de recomeçarmos um novo ciclo. De lidar com cada um dos seus riscos controláveis e incontroláveis.

Estou hoje com Francisco, Ana, Tiago e Miguel ceando, conversando, rindo, ouvindo música, falando dos mistérios do fim dos tempos. Tranquilos e inteiros. Mas, quando me lembro das geadas de julho, um raio me percorre a espinha. As fotos prateadas, penduradas na parede do escritório são testemunhas do pânico silencioso que acompanhou o olhar, principalmente o de Francisco, naquelas semanas. Lembro-me do primeiro momento daquela manhã de 21 de julho... acordei e vi o Sol brilhando. Eram sete e meia na casa, gelada e silenciosa. Francisco saíra no meio da madrugada. Meio tonta de sono, levantei e fui até a cozinha. O dia luminoso atraiu o meu olhar para a janela. Notei o verde habitual substituído por uma cor prateada. Pensei que haviam plantado cinerárias. Segundos – um tempo imenso entre o sono e o espanto – antes de saber que o cinza-prateado não vinha de novas plantas trocadas magicamente durante a noite. Era, sim, geada.

Geada! Excitada, meu primeiro impulso foi sair correndo, mas o bom senso fez com que me agasalhasse antes. A manhã estaria muito fria e seria imprudente me submeter a um choque térmico. Fui colocando, apressadamente, meias, suéter, cachecol, casaco e luvas. Ao abrir a porta, a visão era inacreditável! Por onde o meu olhar se detinha, os tons eram prateados. Milhares e milhares de gotas de gelo, acumuladas durante a noite, tinham mudado em algumas horas a cor da paisagem. Tingido o vale! Foi a primeira geada, nessa intensidade, em minha vida! Extasiada, comecei a fotografar. "Cliques" aqui e ali, sem nenhum cuidado técnico; como se tudo fosse desaparecer de repente. Talvez acontecesse... o Sol já brilhava num céu azul, sem nuvens. Precisava chegar ao Barro Branco, estar junto de Francisco. Ele tinha passado grande parte da noite lá, em uma luta desesperada para tentar salvar a florada. Era a sua quinta noite nessa tarefa insana! Os pomares estavam em fase de pós-florada – é quando as pétalas murcham e escurecem, principiando a cair; o momento do fruto se formar nas entranhas, no útero, daquelas milhares de florzinhas rosas.

— Os embriões resistiriam ao impacto dessa geada? – Francisco se perguntou todos esses dias.

Eu me perguntava agora:

— Quem podia saber?

O momento era de acreditar e continuar lutando. Insistir nas fumaças químicas em meio à noite e pulverizar com água morna ao amanhecer... a tentativa de impedir o congelamento dos embriões. Meio patética, meio deslumbrada, eu só fotografava; impotente. Via os homens trabalhando e olhava, pelas lentes da câmera, os cristais contornando cada folha. Focava melhor e via as pétalas róseas, onde o gelo se condensava e, com o peso, arqueava a flor. Via cada pistilo com uma gota cristalina na sua extremidade e me perguntava: vão resistir?

No chão, a grama se tornou um tapete cinza a congelar os pés; despreparados para um ambiente tão hostil. Quando o desconforto ficava insuportável, procurava alguma mancha de Sol e, por alguns minutos, absorvia um pouco de calor. Tentava captar as novas sensações sem me angustiar. Nesses 17 anos eu me defrontava com um fenômeno sem paralelo. Pensei nas crianças e como gostariam de participar desse momento. Com certeza teriam passado a noite em ação com o pai; teriam metido a colher até o cotovelo nessa empreitada – como sempre fizeram quando um capricho da natureza interrompia a rotina.

Eram quase dez horas, o Sol brilhava intenso, incólume. Aquecia as partes mais altas, desfazendo o cinza prateado da madrugada. E pintava um tom de marrom-queimado nas folhas ressequidas. Triste, sem vida, morto! O espetáculo da natureza tinha terminado. Aos homens, cansados da longa noite de trabalho e frio, restava o descanso.

A mim, o dia preenchido pela ocupação nos teares e pela angústia. Havia uma advertência implícita e um fio conduzindo o começo e o fim do dia; estabelecido pela luz do Sol. Tão logo se fosse, a temperatura começaria a cair níveis ainda mais baixos do que a noite anterior. Nova geada viria. Mais intensa, segundo os meteorologistas. Mais uma vez, a natureza se vestiria de prata para um espetáculo de gala. Nós, privilegiados, poderíamos assisti-lo novamente. Sabendo do alto preço – caro demais, concluía –, pensando na pergunta sem resposta.

— Os embriões dos frutos suportariam mais esta noite?

A outra geada não veio. A manhã seguinte estava escura e nublada. A chuva começou pela manhã e a frente fria perdeu a intensidade; o perigo se dissolveu no ar úmido, nas nuvens pesadas do céu. Os embriões resistiram. As pétalas terminaram de cair e o pequeno fruto começou a surgir. Por isso, eu e ele, saboreamos a chegada suave, mas real do desejo. A se explicitar no olhar, nos toques, em uma sedução feita e refeita mil vezes durante esses anos, permitindo-se amadurecer entre goles de café e licor.

A magia é quebrada por um pensamento estranho. A imagem de Marília vem à mente. Como ninguém, sei da sua fragilidade; percebo uma vibração negativa se acentuando a cada momento. Intuo que devo ligar para ela. Agora.

Escuto o telefone tocar.

– Jorge?

– Sinto um frio na espinha. Meio dormindo, tateio no escuro, derrubo objetos até alcançar o aparelho, temerosa de um emudecimento súbito. Respiro ofegante, ainda ajeitando o corpo na cama, buscando a luz do abajur.

— Marília?

Ela percebe um toque de decepção na minha voz.

– Marília, aconteceu algo? Eu a esperei para o *Solstício de Verão.*

– Nesse momento eu não consigo ir a lugar algum, respondi.

— Algo não vai bem? Onde está Jorge?

Incrível! Ela intuiu o ponto fundamental. A princípio, disfarço, mas ela não se dá por vencida e insiste.

– Marília, Jorge foi embora, apaixonado por outra mulher. Eu não supunha que pudesse ser tão difícil. Ser abandonada me estilhaçou. Estou descontrolada. Vejo minha vida se destruir e estou impotente para reagir.

— De alguma forma pressenti que algo ruim estava acontecendo. Por isso estou telefonando a essa hora. E Santiago?

– Não sabe. Eu mesma quero dar a notícia e estou pensando em ir a Londres depois do Natal.

Nesse instante, pergunto-me como não pensei nisso antes. Viajar, ir ao encontro de meu filho. Abraçá-lo, receber seu calor. Talvez Santiago me dê forças, respostas. Apego-me a essa ideia, mal me despeço de Marília e desligo o telefone. Gasto a hora seguinte em reservas de passagens e hotel. Vou checar a previsão meteorológica. Distraio-me a escolher as roupas, fazer as malas e avisar o meu filho sobre minha chegada. São quase duas horas da manhã e eu me espreguiço, cansada. Sinto-me melhor agora. Com a ação concreta de preparar a viagem pude dar vazão à energia. Isso diminuiu a tensão do meu corpo. Posso dormir agora.

Quando desligo o telefone, Francisco havia se recolhido. Quero dividir com ele a notícia. Ele me olha entre espantado e entediado, como se isso não o afetasse. Para ele, a maneira como as pessoas se comportam não interessa. É extremamente tolerante com o ser humano.

— Mas como não me importar com Marília? – pergunto, enquanto me deito ao seu lado. Ela é minha melhor amiga, temos o mesmo nome, fazemos aniversário no mesmo dia! Mais do que isso: nascemos no mesmo ano! É impossível não se ater a tantas coincidências do destino; à nossa ligação cósmica.

Francisco me abraça como querendo me calar. Rendome ao seu carinho, sorrio. A tensão erótica, presente durante aqueles momentos na sala, reaparece. Sinto suas mãos deslizando pelos meus cabelos e o gosto do licor em sua boca. Aperto o meu abraço, mas Francisco não tem pressa nessa noite. Desenrola-se dos meus braços, do meu beijo. Abandona-me por um instante e tornando a me tocar, apoia-me nos travesseiros, olhos trespassando olhos. Lentamente, volta a me acariciar. Sabe tirar de cada pedaço do meu corpo o melhor toque; o prazer mais intenso. Usa as mãos, a língua, a barba, a voz, as pernas... usa todo o corpo nessa regência afinada. Há pausas. Segundos de vibrações. Trilhas, ondas de excitação, chamas de fogo reverberam pelo meu corpo e me preparam para o acorde seguinte. Francisco se supera nessa noite. Bailarinos, porque o caminho do prazer é uma dança. Febril, rápida. Dança do êxtase que se resolve em um grande grito. Meu e dele. Grito no qual tudo termina e pode recomeçar. E nos deixamos ficar assim – meio adormecidos, meio moles, plenos de prazer, plenos de amor.

Capítulo 2

[23 DE DEZEMBRO]

Ao calcular os ângulos de inclinação do eixo terrestre em relação ao sol, os astrônomos detectaram em que exato momento os ângulos atingem valores máximos. Quando o eixo terrestre atinge o ângulo de inclinação de 23°27' em relação ao sol ocorre o Solstício. No Solstício de Verão a inclinação é máxima; no Solstício de Inverno, mínima. Esses dois momentos são vividos de maneira simultânea e oposta nos dois hemisférios. O *Solstício de Verão*, no Hemisfério Sul, acontece entre 21 e 23 de dezembro; o sol está exatamente sobre o Trópico de Capricórnio ao meio-dia. É o dia mais longo e iluminado do ano; os raios solares incidem quase perpendicularmente à Terra. O primeiro dia do verão tem duração de quase 14 horas entre o nascer e o pôr-do-sol.

O *Solstício de Inverno* ocorre no Hemisfério Sul entre 21 e 23 de junho. O início do inverno é o dia mais curto do ano, no qual os raios solares incidem de maneira oblíqua na calota terrestre. Os Solstícios não têm relação com a distância entre o sol e a Terra – que é constante em todas as estações do ano e equivale à cerca de 147,69 milhões de quilômetros. O que muda, consoante as estações, é a inclinação do eixo terrestre na órbita em relação ao sol. Por consequência muda a iluminação da Terra, a quantidade de luz. Muda o tempo em que a calota terrestre fica exposta à luz do sol, à inclinação dos raios solares. Muda o "tamanho" do dia.

Para pensar cartesianamente, estou no escritório em pleno sábado de Natal. Pode parecer uma escolha estranha – pensar no silêncio e solidão do prédio vazio, espaço invadido apenas por porteiros sonâmbulos e faxineiras entediadas. Meu próprio espaço. Nessa sala de ângulos familiares tomo as decisões mais importantes da minha vida. Nessa análise racional busco a âncora; um fator de equilíbrio para sentimentos tumultuados. Tenho sido só emoção esses dias. Neste território quero tentar entender e vislumbrar alguma luz. Avaliar dentro do meu próprio ambiente, o meu estilo de vida. Quero mesmo abrir mão dele? A idéia de abandonar tudo, de viver em Londres por algum tempo será mesmo o melhor caminho?"

Mais do que decidir entre ficar ou partir, preciso compreender em que momento eu perdi o controle do monstro que está a me roer as entranhas. Qual a natureza desse sentimento? Ciúme ou abandono? Lamento pela juventude estilhaçada no calendário? Mágoa pelo descarte? Angústia pela solidão? Insegurança?

Com a cabeça zunindo, acelerada por tantas perguntas, olho pela janela procurando respostas. É uma belíssima manhã de verão. A luz, quase exagerada, filtrada pela chuva da noite, o sol aquecendo a cidade vazia, a ausência de tráfego, o silêncio incomum tornam esse momento especial. Seria agradável se eu tivesse o coração menos machucado, sair e andar ao sol. Sem destino, pelo simples prazer de caminhar; o calor a entrar na pele e aquecer; a intuição a guiar meus passos... Meu olhar continua a percorrer o contorno da janela, o céu sem nuvens, o perfil dos prédios; detém-se nas árvores para depois retornar aos ângulos da sala. Nenhuma resposta na moldura das janelas nem na silhueta das árvores; na luminosidade do dia. Se existem, estão em alguma dobra ínfima do meu espírito estraçalhado e confuso. Agitada, ando pela sala, tomo café e volto a sentar. Nesse contato com a poltrona, onde meu corpo se descobre em posturas familiares, busco a identidade anterior. Sinto-me triste, muito triste.

E se Jorge tivesse pedido a separação apenas para encerrar uma relação desgastada? Se não houvesse uma outra mulher? Isso eu seria capaz de suportar. Não seria muita coisa a mudar: o afeto seria preservado, não reverberaria como outro abandono. Seria apenas uma separação. Talvez pensada, avaliada e discutida por nós dois como inúmeras crises nesses 27 anos.

Por outro lado – continuo a investir no terreno das hipóteses – e se Jorge permanecesse em casa e experimentasse um romance com outra mulher? Eu conseguiria entender um *affair*. Não vejo drama nisso e não encararia como traição. Estou teorizando. Na prática esta é a primeira vez que me deparo com a situação. Se ele teve alguma namorada anteriormente, o fez com uma discrição ímpar. Nunca soube e essa questão nunca me preocupou. Mas se a outra tem 25 anos e eu tenho 50 anos, isso me ameaça. A perda da juventude, valor imemorial em tantas culturas, fragiliza-me. Sei dos meus pontos fortes: bonita, refinada, elegante. Posso ficar aqui me consolando, levantando muitas qualidades minhas. Mas nada disso faz frente a algo tão avassalador como ter 50 anos e ter sido trocada por uma garota.

Até uma semana atrás, conseguia avaliar a idade como algo positivo e privilegiado. Afinal, pertenço a uma época muito especial, a geração de 1968. Nasci em 1950 e aos 18 anos vivi o marco da mudança de comportamentos; na época iniciava o primeiro ano da universidade, no curso de Economia. Qual o significado para mim – garota insegura e tímida – entrar pela primeira vez nos corredores da universidade, exatamente nessa data? Foi a glória e o medo. Mais... foi constatar a decisão de pertencer àquele mundo, mesmo não sabendo da profundidade do porvir em março de 1968.

Era diariamente reinventar um novo tempo – revolucionário e libertador. Contrapondo-se ao ambiente formal, rígido das aulas magistrais, havia o fervilhante universo do movimento estudantil, no campus e nas salas do Centro Acadêmico. Os dois mundos, de tão opostos, quase colidiam. Explodiam. Nos primeiros dias eu andava desnorteada pelas salas, corredores e gramados. Sentia-me atraída pelos panfletos colados nas paredes, pelas reuniões e temas em debates. Mas era tímida, apenas uma caloura. Não sabia como quebrar a barreira e entrar naquele espaço fádico, mas assustador. Comecei a frequentar as discussões. Um dia a notícia caiu como uma bomba na faculdade: um estudante foi assassinado no Rio de Janeiro. O apoio popular ao movimento estudantil, a partir desse evento, fez a temperatura subir em todas as universidades. As salas de aula se esvaziavam e as reuniões paralelas ocupavam toda nossa alma. Fazer a revolução era muito mais importante do que as aulas de História da Economia, Antropologia...

Nesses tempos conturbados conheci Ivan. Ele estava no terceiro ano e era um dos líderes do movimento. Magro, alto, moreno, barba rala, sempre enroscada entre seus dedos; aparência descuidada, roupas que descombinavam entre si. Sempre nos encontrávamos nos debates – ele falava muito enquanto eu não abria a boca. Convidava-me para o bar ao final desses encontros. Eu tinha a sensação de estar sendo doutrinada. Desejava aquilo tudo. Ouvia fascinada os argumentos da revolução: a injustiça social, a luta de classes, a opressão dos trabalhadores. Ele me emprestava livros. Quando me trouxe clandestinamente um livro de Marx, senti-me ao mesmo tempo amedrontada e emocionada. Finalmente tinha sido batizada! Tinha sido aceita em um outro mundo; o mundo da esquerda! Era a segunda vitória: a primeira foi entrar na universidade.

Ivan e eu estávamos sempre juntos naquele ano – reuniões do Centro Acadêmico, debates, sessões do cine-clube. Eu frequentava as aulas; ele, ao contrário, pouco ia. Fazia política integralmente. Às vezes sumia por um fim de semana inteiro; era lacônico nas informações. Sentia-me dividida, culpada por negligenciar o estudo formal em detrimento da atividade política. Mas, encantada com a possibilidade de mudar o mundo...

Lembro bem, em uma sexta-feira, houve uma festa para comemorar alguma conquista política. Bebíamos vodca barata diluída em suco de laranja e gelo; era a única maneira de disfarçar o gosto de álcool. Eu e Ivan começamos a dançar, pela primeira vez descontraídos, divertindo-nos com o ritmo da música. O desejo foi aparecendo, a dança se tornando um ritual de sedução. Naquela noite, usando o álcool para derrubar defesas, fui me permitindo atitudes mais atrevidas com ele. Eu era ingênua, só podia contar com minha intuição a me dizer do primeiro limite sem revelar o próximo movimento. Resistir e me afastar, ou permitir me aconchegar ainda mais?

Venceu a censura e o afastamento, mas o demônio estava definitivamente entre nós. A dança passou a ser um estímulo para o refinamento erótico. Ficamos ali a dançar indefinidamente, no experimentar o prazer do contato físico. Fomos os últimos a sair da festa até por não saber como dar conta da libido. Voltamos caminhando para casa, no silêncio da madrugada de sábado. A inexperiência me angustiava. E como lhe dizer isso? Andávamos de mãos dadas, quietos, cada um com seus pensamentos. E continuávamos em silêncio no elevador, na sala, no quarto. Gestos dialogavam a linguagem das sensações de dois corpos desnudos a se envolverem. Nossos braços, nossas bocas, mãos e suores tateando sentidos; iniciando-me. Não havia mais timidez; apenas a busca pelo prazer – uma emoção ainda desconhecida. Um esforço, uma voz de carinho, um estímulo, um consolo e pronto. Havia acontecido. Eu era uma mulher agora. O silêncio, o sentir-me plena, a entrega. Estávamos mais próximos naquele momento que nunca.

A ruptura! Ivan começa a se afastar de mim, a inclinar-se para o lado, a ajeitar-se entre meus braços. Mas, agora, ao meu lado e não mais dentro de mim. A sensação de vazio, a solidão imemorial. Voltava a minha condição de mulher e não mais a de ser-completo-pelo-outro. Um estado de plenitude solitária para os dois, acredito. O momento que se basta, a energia tensionada ao máximo pede essa entrega agora. Acordei com a luz do dia iluminando o quarto e os braços de Ivan, adormecido, aqueciam-me. Era cedo e tinha sido quase impossível dormir. O significado da primeira relação sexual era um divisor de águas, marcante! A magia, eu a teria para sempre. Recuperar essa noite, mais de trinta anos depois, devolve-me a carga de emoção revivida.

Naqueles meses eu dividia a vida entre o curso na universidade, as atividades políticas e o namoro com o Ivan. Estava feliz. Vivia a experiência mais plena dos meus 18 anos. Cada vez menos eu visitava a minha família. A sensação de ser uma estrangeira na minha casa, em meu próprio quarto, incomodava-me e piorou quando, ao retornar, vi meu quarto transformado em sala de televisão. Restava-me dormir no sofá; era o novo ritmo da casa. O coração se contraiu com a dor e a estranheza. No meu convívio familiar era este quarto o único espaço verdadeiramente meu. Mesmo vazio e inútil por semanas, confortava-me por pertencer a um lugar. Agora perdido! O apartamento em São Paulo era compartilhado. Espaço privado, só na casa paterna e nem esse chão eu teria mais. Nesse clima, buscava ser importante para Ivan. Inútil. Ele estava cada vez mais envolvido com as atividades políticas e eu, embora solidária, não compartilhava do mesmo entusiasmo para tarefas e reuniões. Nosso amor não era a prioridade para ele. Eu sabia e doía sempre. Ficava comigo as migalhas do tempo. Eu era tratada com carinho e ternura, ele me amava intensamente. Uma paixão a se sustentar no presente, sem futuro. Eu administrava o cotidiano da melhor maneira possível e tentava não ficar angustiada com a pouca disponibilidade dele.

No verão viajamos até Florianópolis. Ivan me convidou. Eu suspeitava dos motivos, mas não podia perguntar. Dizia que as poucas informações eram para a minha própria segurança. A repressão militar se tornava dia-a-dia mais poderosa. Foi a nossa primeira viagem. Uma semana inteira com gosto de lua-de-mel... Hospedados por um amigo dele, íamos à praia de manhã, passeávamos à tarde e à noite nos amávamos intensamente. Por duas vezes, Ivan saiu sozinho. Vivemos avidamente aquela semana, um presente do destino. Céus, como fui feliz em Florianópolis! Pela primeira vez encontrava um lugar no mundo, um lugar entre os braços de Ivan. Voltei muito apaixonada. A rotina de São Paulo, porém, tinha outra lógica. Ele foi paulatinamente sendo absorvido por ela. Só me restou um curso de férias para preencher meu tempo. Quando

Ivan desaparecia por uma semana – eu nunca podia perguntar onde ele estava – sentia-me vulnerável, derramava-me em dúvidas. Ele pedia que tivesse confiança nele, no seu amor. Repetia categórico, dono de todas as certezas. Mas, a menina insegura retornava sempre. E ela tinha medo. Muitos medos. Ela precisava de segurança afetiva. Amar esse homem era sempre estar sozinha. Nas festas e nos fins de semana sem nunca saber quando podia contar com ele. Mesmo infeliz, aceitava. Estava apaixonada e com ele tudo se transformava. A sensação de plenitude valia pelos dias de ausência.

A nossa última noite... Até o fim dos meus dias vou lembrar cada detalhe. Todos os momentos do paraíso. De como me fez a mais feliz das mulheres para me jogar, em seguida, no inferno. Era uma quarta-feira de maio de 1969. A noite fria, já pedia um agasalho ao entardecer. Eu usava uma blusa de lã lilás quando Ivan chegou e me convidou para jantar. Fomos a um restaurante chinês e ele estava adorável – bem humorado, despreocupado. Em nenhum momento falamos de política, da situação atual, dos nossos problemas. Falamos de arte, de filmes, da nossa história. Lembramos de momentos comuns e rimos de situações compartilhadas. Ele executava um ritual de despedida, mas eu não percebi. Criou artificialmente momentos perfeitos e sem tensões; plenos de romance e sedução para que pudéssemos ter os melhores- momentos-em-nossa-lembrança. Como nos amamos naquela noite! Com que intensidade nos tocamos, vibramos, sentimos cada centímetro do corpo! Sentia como se morresse de prazer. Morri muitas vezes para renascer com um novo toque. O fogo de Ivan naquela noite era inextinguível. Muito mais tarde, depois de um sono rápido, Ivan sentou na cama, acendeu a luz do abajur e um cigarro; aconchegou-me entre seus braços e falou:

— Tomei a decisão mais difícil e mais importante da minha vida, Marília. Decidi abandonar a universidade e me dedicar inteiramente à revolução. Vou partir daqui a pouco e ficaremos muito tempo sem nos ver. Não sei quanto. Preciso desaparecer sem deixar rastros. Ninguém pode saber onde estou nem o que estou fazendo. Nem você! Marília, saiba, eu a amo muito. Você foi a inspiradora do sentimento mais intenso, mais doce e mais importante da minha vida. Mas eu não posso ficar com você, entende? Eu não conseguiria ser feliz, eu não conseguiria viver se não usasse todas as minhas energias para mudar a situação na qual vivemos. Se um dia eu voltar, Marília, se nós tivermos filhos, quero para eles um mundo melhor. Eu quero participar dessa construção por nós e para os nossos filhos. De novo, não me pergunte nada. Não tente me deter. E, principalmente, não diga nada a ninguém. Fique com todas as nossas lembranças. Mesmo desse jeito atrapalhado, confuso, você foi muito amada, tenha certeza. Continua sendo. A lembrança do seu corpo, dos seus carinhos, do olhar, o perfume, o jeito de sorrir, a ruga em sua testa quando você está aborrecida... Sei tudo sobre você, Marília. Este é o meu patrimônio afetivo de agora em diante; a sua lembrança a fazer parte de mim. O nosso compromisso acaba aqui, mas o nosso amor não. Sei que vamos nos amar sempre. Não me espere,

Marília. Viva a sua vida. Eu não sei se vou voltar. Nem quando. Abrace-me e me ame pela última vez. Imprima no meu corpo todas as suas marcas para que eu possa ter essa lembrança na minha solidão.

Ele me puxou para seus braços e eu o abracei. Havia em mim tal angústia a impedir qualquer argumento. Só queria tocá-lo, guardar a memória do seu corpo, do seu cheiro, do seu beijo. Queria me fundir a ele. Todos os meus instintos de sobrevivência afloraram. Avaliava ingenuamente: se eu fizesse amor com ele da maneira mais prazerosa possível, ele desistiria de partir pelo prazer. Fui a mais sensual e a mais desesperada das amantes. A mais urgente e a mais selvagem das entregas. Para terminar em um silêncio com a densidade da própria morte. Compartilhamos a mais prazerosa e a mais dolorosa das experiências. A nossa capacidade de amar, de entrega espontânea e a ingenuidade tinham morrido ali. Estávamos conscientes de que o amor era algo terrivelmente doído. Estávamos mortos para esse sentimento, sabíamos.

Lentamente foi se mexendo, buscando as roupas e, quando começou a se vestir, senti o ar se acabando. Pronto, puxou-me e me abraçou. Longos minutos, colados um ao outro, gravando a despedida com fogo. Um barulho, uma brecada de ônibus na rua nos tirou desse transe. Ele se afastou e com um beijo leve saiu. Havia lágrimas em seus olhos. Muitas nos meus.

Sozinha e impotente restava desesperar-me. Em poucas horas tinha perdido tudo: o amor e a capacidade de acreditar nele. Joguei-me na cama e por três dias não consegui reagir.

Sem falar ou comer, permaneci imóvel. Morta. Lentamente fui saindo da letargia, mas era impossível voltar à vida normal. Como um zumbi vagava pelos corredores da faculdade e salas de aula sem me deter a nada. Insone, passava as noites chorando. Pranto seco, sem alívio. Fui tomada de um rancor mudo pela ditadura militar. Odiava os generais a governarem o país com truculência. Paradoxalmente meu ódio se estendeu ao movimento de oposição. Não os perdoava por seduzir Ivan. Por ele me trocar por um sonho. Foram meses de angústia e de sofrimento; saí com o coração endurecido. Por amor, provei do vinho mais doce e do mais amargo. Risquei as paixões e me concentrei na carreira. Não me imaginava vivendo outra experiência plena de ingenuidade, ternura e entrega. Nunca mais me apaixonaria. Prometi a mim mesma. Nunca mais Ivan e eu nos encontramos.

Em 1972, no auge da guerrilha urbana, chegou a notícia: Ivan tinha caído. Tinha sido preso e torturado até morrer. A família não teve o direito de receber o seu corpo, enterrado em lugar ignorado. Morri de novo e definitivamente naquele dia. A absurda esperança de nos encontrarmos em algum lugar foi sepultada com ele. Saber das torturas sofridas me transtornava. Aquele corpo tão amado tinha sido violentado até o limite. Havia medo, ódio e impotência revolvendo minhas entranhas. Fiz o juramento de não permitir que a morte dele fosse em vão. Não sabia como agir. A minha ligação com ele me deixava vulnerável. Eu acreditava e tinha pavor de ser presa e torturada. Ficava cada vez mais escondida, mais anônima, limitando meus dias às salas de aula. E nem lá me sentia segura. Foi apenas o tempo e sua inabalável rotina a me acalmar. Se não me procuraram no momento da prisão de Ivan, avaliava, não me consideraram suspeita. Aos poucos esse pensamento foi se estruturando em mim e voltei a ter uma rotina aparentemente normal. Em segredo, buscava as informações do movimento de resistência, lia todas as notícias. Em algum momento eu saberia o que fazer para resgatar a memória de Ivan.

Nessa época conheci Jorge, aos 22 anos. Amarga e amedrontada, mas amadurecida, protegia-me da dor com cinismo e objetividade. Jorge era um homem bonito: olhos pretos, cabelos crespos e barba cerrada. Boca sensual e grande, de lábios musculosos, encerrando dentes perfeitos. Foi a boca que me atraiu. Ele era mais alto do que eu e quando sentávamos para o café, no bar da faculdade, a linha dos meus olhos ficava no mesmo plano da sua boca. O meu olhar se hipnotizava acompanhando o movimento dos lábios naquele degustar lento, mesclado de fonemas. Às vezes, eu me desligava da sua fala, fascinada pela dança das pregas labiais; imaginava a sensação do seu beijo. Mesmo frequentando outro curso, eu o encontrava rotineiramente. Tínhamos afinidade intelectual e a mesma maneira de encarar o futuro – ambiciosos quanto ao projeto profissional. Era agradável conversar com ele; um homem que parecia pairar acima da realidade política a destruir o país. Tal silêncio e alienação me convinham. Ele não sabia da minha história com Ivan. Tampouco eu me dispunha a contar.

Não pelo desejo de ocultar – para mim era impossível tocar no assunto; a ferida sangraria se exposta.

Foi Jorge quem me apresentou as possibilidades do primeiro emprego. Tinha um largo círculo de relações e me abriu as portas. De colegas de universidade passamos a colegas de empresa. Gradativamente fomos permitindo a atração se insinuar em nossos dias. Era uma experiência completamente diferente. Três anos tinham sido suficientes para me dar um coração fechado, a censurar emoções. Nossa relação se pautava no presente. O espaço mundano era familiar para Jorge, mas não para mim: festas glamurosas, restaurantes da moda, viagens de fins de semana. Amigos com casas de campo paradisíacas, pousadas íntimas e refinadas, praias quase particulares. Tínhamos bons empregos, bons salários e eu, uma sede de vida arrivista a compensar os anos de escuridão. Jorge me encarava como a parceira perfeita para o seu projeto de vida; tinha o mesmo nível de compromisso profissional e intelectual. De permeio, a bem sintonizada atração sexual. Eu lhe outorgava a liberdade para dirigir a vida conforme suas convicções. Sabia pela mais dolorosa das experiências que cada um tem que viver – e talvez pagar com a vida – o projeto individual; a ser o único condutor do destino. O parceiro o complementa, não determina. Por respeitar o projeto individual de Jorge, por exigir a mesma postura dele, nós formávamos um par com identidade especial, quase única para aqueles tempos. Pouco mais de um ano depois estávamos casados. Há 27 anos!

Mantivemos até seis dias atrás esse pacto. Pacto que se dissolveu unilateralmente em uma convulsão. A partida de Ivan me feriu indelevelmente, mas ele me deixou por uma revolução, um ideal maior. O gesto de Ivan foi nobre. Restou-me a dignidade como lembrança. Jorge me abandona para viver com outra mulher. Não, não há nada de nobre nesse gesto. É cruel e deixa apenas destroços como lembrança. Não há nada para se construir em cima do abandono. Por motivos diferentes, os dois homens a quem amei repetiram o mesmo gesto – me deixaram.

Só. Machucada. Ferida.

Soube estar grávida de gêmeos em 23 de dezembro – como hoje – há 22 anos. Era pleno verão e ainda morávamos em São Paulo, em um pequeno apartamento de janelas minúsculas. Trabalhava em um banco e tentava conciliar a dupla jornada de trabalho. Não me saía mal. Estava no quinto mês de gravidez e naquela noite passei mal. Na madrugada comecei a ter cólicas fracas, mas persistentes até o dia nascer. Fiquei insegura, temendo o pior; medo compartilhado com Francisco, pois estávamos próximos do Natal. Nossa apreensão só se aliviou dentro do hospital, quando o médico nos recebeu e pude relatar os sintomas. Deitei-me e o médico começou a me examinar. Avaliou a minha pressão arterial, palpou minhas pernas, minha barriga. Por um segundo percebi um ar de interrogação na sua face; uma ruga a mais em um instante fugaz, enquanto tocava meu ventre para depois retornar à palpação. Mais compenetrado no meu abdome, despontando em um volume arredondado. Suas mãos em concha tocavam fundo o meu ventre, delineavam contornos sutis depois subiam até a região próxima ao umbigo e afundavam novamente. A indagação, aquela ruga a mais, voltou ao seu semblante.

O ato seguinte foi tomar um pequeno cone de madeira, o estetoscópio, e apoiar sua base na minha barriga. Na outra extremidade, onde uma roda de madeira se adaptava ao vértice do cone, encostou sua orelha e se pôs a auscultar. Em um ponto e no outro. Mais outro e outro. Não dizia nada. Continuava a buscar outros pontos e auscultá-los. Alguns minutos depois, a ruga de sua testa se desfez em um sorriso de certeza. Olhou para Francisco e pediu para se aproximar. Tocou sua mão e a trouxe para a minha barriga, dizendo:

— Apalpe aqui. Sente alguma coisa nessa região?

Depois, conduzindo a mão de Francisco para outra região, repetiu a pergunta. Levou, em seguida, as minhas próprias mãos ao meu ventre e repetiu os gestos de apalpação orientada. Quando finalmente, eu e Francisco, tínhamos percebido as duas massas individualizadas, ele, expressando seu melhor sorriso, disse-nos:

— Gêmeos. Há duas crianças na sua barriga, Marília. Dois corações batendo. Ouço um aqui e outro aqui.

Gêmeos! Pensei, entre assustada e deslumbrada. Procurei Francisco com o olhar e vi seu ar de espanto, a boca semi-aberta em um sorriso interrompido. Feliz, preenchia-me de uma plenitude nunca experimentada, resgatava a mim mesma. Anos e anos buscando uma identidade, procurando caminhos em tantas diversidades, experimentando tantas novas vivências para, finalmente, encontrar a mim mesma, ali, naquele divã.

Então era isso, pensei. É essa a sensação de me sentir inteira, de pertencer a um lugar? Segurei as mãos de Francisco – as duas – e as levei a minha barriga. De alguma maneira queria dividir esse momento com ele. Eu ia ser mãe de dois bebês e Francisco estava comigo, segurando a minha mão. Teria uma grande, sólida e bela família. Colocava agora as raízes da minha árvore no chão. Era o que me bastava.

Como saí daquele divã e me pus a ouvir as recomendações médicas é nebuloso agora. Mas é nítida a lembrança do retorno para casa. Eu e Francisco, suspensos no espaço. Não havia contornos para o nosso mundo insuflado como a expansão das nebulosas do Universo. Sentimentos de contentamento, angústia, medo, espanto, insegurança se alternavam e transpareciam em nossas expressões. Desnecessário dizer coisa alguma. Apenas sentir...

Dois bebês?! Conseguiríamos criar os dois? Como adaptaríamos aquele pequeno apartamento? Como nós nos adaptaríamos às crianças? Como trabalhar e cuidar deles? O êxtase do momento anterior foi substituído pelas dúvidas operacionais da empreitada. Eu tinha 28 anos!

Começava vida nova. A gravidez dupla apressava outras mudanças. Algo aflorado quando eu conheci Francisco, intensificava-se em outra escala de valores. O trabalho em uma metrópole, um apartamento, uma carreira, um marido, um filho. Não sei ainda como, mas essa lógica se trincava em mim. O futuro estava por ser construído e, sabia disso naquele momento, não o seria com a lógica do presente. Ia ser mais grandioso. Mais profundo, mais espiritual, mais denso. Era sobre essas coisas a conversa, naquela noite, com Francisco. Deitados na cama, insones pelo calor, enquanto ele acariciava a minha barriga. Falávamos do impacto da manhã – a chegada dos gêmeos, a repercussão em cada um de nós.

Embora o cotidiano se mantivesse com as mesmas rotinas, eu – pela gravidez – era um ser mutante. Via-me fora do banco, mãe em tempo integral e em um futuro nebuloso, investindo energias em um trabalho mais criativo. Os bebês cresciam dia-a-dia, mexiam-se em todas as direções da minha barriga. Uma experiência única! Sentia-me poderosa. No oitavo mês parei de trabalhar. A barriga grande e pesada pedia repouso. Passava muitas horas deitada, alisando o ventre, conversando com os dois. Uma tarde começaram as dores. Esparsas. O trabalho de parto se iniciava; liguei para Francisco, ele chegou rápido e tenso. Metodicamente e sem pânico começamos a por em prática o ritual previamente preparado. Como se fosse fácil estar tranquila com contrações indo e vindo. A cada 20 minutos! Na sala de parto,

Francisco apareceu ao meu lado, escondido em máscara e gorro brancos e pijama azul. Ficou segurando a minha mão e, ao mesmo tempo, atento até a retirada do primeiro feto:

— Uma menina. Grande e perfeita!

Ouvimos o choro do bebê ecoar pela sala. A emoção apertou minha garganta e umedeceu meus olhos, molhou os de Francisco. Ele apertou ainda mais a minha mão. O bebê foi amparado e enrolado em um pano azul, trazido até nós. Um rosto vermelho e molhado. Um instante, um devaneio a nos distrair para em seguida sermos surpreendidos pela voz do médico a nos sinalizar o outro, enquanto entregava-o ao pediatra.

— Outra menina, Marília. São duas meninas! Lindas, perfeitas e com peso bom. Nasceram bem, muito bem. Parabéns! Duas meninas!

A Terra é um planeta quase esférico, cortado por dois eixos. Um horizontal - que passa pela linha do Equador, plano da órbita da Terra - e outro vertical, passando pelos dois polos, o eixo terrestre. É em torno do eixo terrestre que a Terra gira em movimento de rotação, produzindo os dias e noites. Em torno do sol gira em movimento de translação, produzindo as estações do ano. Ao fazer o movimento de translação, o eixo terrestre está inclinado em relação à órbita. Por conseguinte, expõe a calota terrestre, em diferentes curvaturas, aos raios solares. O momento do *Solstício* é aquele no qual o eixo terrestre tem sua maior - ou menor - inclinação.

Voltei para casa – no meio da tarde – tão confusa quanto antes. As respostas não estão em parte alguma: nem na casa, nem na minha sala de trabalho. Talvez eu já as compreenda, mas não consigo sequer pronunciá-las. Ainda acalentava a expectativa do telefonema de Jorge, a derradeira resposta. Nada.

O silêncio permaneceu. Estive sozinha por horas intermináveis. Cada pensamento meu se esgarçava na inutilidade do pensar; perdiam-se em si em uma espiral a alcançar o vazio. A solidão substantiva é incompatível com a vida. Reverberar no vazio é não-viver. Ignorei isso e construí uma vida irreal – uma casca oca, luxuosamente envernizada, conectada a um cérebro, um computador. Um ser a fazer projetos, negociar contratos, sorrir, falar ao telefone, ir à festas. Um ser sem essência e, no fundo, um nada! Percebo a armadilha agora. Como pude ter tanto medo assim?

Há algumas semanas, um livro me tocou como brasa incandescente. Uma mulher, completamente sem raízes, achava-se em intensa depressão. Nada conseguia tirá-la da cama, da apatia. Seu parceiro havia, inutilmente, tentado de muitas maneiras. Uma noite ele trouxe para o meio do quarto uma tina de água quente, colocou-a dentro e começou a esfregá-la. Silenciosamente. Ternamente. Depois, retirou-a da água, tomou de uma toalha e enxugou-a. Demoradamente. Cada dobra do corpo era esfregada; ele secava, acariciava e consolava-a. Deitou-a na cama, cobriu-a e deitando-se ao seu lado começou a conversar. Falava lentamente ao seu ouvido e ia dizendo algo baixinho. Ela nada falava, não se mexia, apenas ouvia, apenas se deixava abraçar. Como tinha se deixado lavar, esfregar e aquecer. Entretanto, aquela foi a primeira noite na qual ela dormiu, em semanas. Esse texto me impressionou profundamente. Não consegui continuar a ler. Empenhei-me a vida inteira por isso: alguém para me banhar com o mesmo desvelo.

A cena retorna e é o mesmo desejo: o banho nunca recebido, o cuidado que sempre me faltou. Das minhas entranhas brota um desamparo paralisante. Revivo o banho em todos os detalhes. Imagino a tina de madeira. Redonda como um barril cortado ao meio; a água fumegante. Vejo os arcos de metal segurando suas tábuas, a luminosidade enevoada do quarto, meio escuro, embaçado pelo vapor d'água. Recrio de mil modos a cena na qual o homem a retira da cama, a despe. Sinto na pele a suavidade daqueles dedos ao executar tal gesto. O contato da água quente escorrendo sobre a sua pele, os movimentos da esponja, a espuma se formando. A toalha branca e felpuda sob as mãos grandes; ele enxugando-a, aquecendo-a. O gesto de deitá-la e cobri-la... Céus, eu daria toda a minha vida por um banho assim! Por esse gesto a me devolver a alma perdida em algum lugar do passado. Ninguém me deu um banho assim. Ninguém. Nem minha mãe, nem Ivan, nem Jorge. Ninguém curou a ferida. Um gesto ansiado – um sopro, um fazer de espumas a me conceder a vida.

Ainda há vida? Será Santiago, em Londres, o banho na tina de água quente? Devo tentar, preciso saber. Sempre fui determinada. É hora de usar a determinação em meu favor. Resgatar a minha história e a minha história com Ivan. Um longo e tardio acerto de contas. Sua morte, cruel com ele e comigo, interrompeu um caminho ainda a ser refeito. Chegou o momento de abrir a pasta. Um amarrilho de papéis envelhecidos, há quase vinte anos guardado, contendo a história de Ivan e a nossa história. A preciosidade do seu conteúdo me impediu de banalizá-la. Esteve oculta, embora sempre perto, ao lado dos meus objetos mais caros. Nem me lembro mais quando a tive em mãos pela última vez.

Emocionada, vou abrindo e tocando papéis cuidadosamente. Coisas sagradas estão ali. A primeira é uma fotografia nossa. Nos campus da universidade, em1968. Foi muito difícil guardar essas fotos, uma temeridade. Quando passou à clandestinidade sabia dos perigos desse material para a minha segurança. Ficou oculto e só o recebi muitos anos depois. Com o coração apertado vou tocando cada foto, os contornos coloridos em sépia, pelo tempo, a conferir a melancolia que a saudade dos mortos nos traz. Olho as fotos de Florianópolis; fotos de qualidade duvidosa, registrando instantes densos e felizes. Pego o recorte de jornal com a versão oficial da sua morte: [...] *"morto como assaltante de banco, pela polícia, durante a fuga de um assalto, numa rua do centro de São Paulo"*. Era o começo do pesadelo. Depois a versão real, o relato da tortura. A morte ocorrida nos porões do regime.

O horror daqueles dias. A recordação da minha visita à casa dos pais dele. Fiquei por toda a semana compartilhando a dor, ou melhor, dividindo com eles a minha dor. Naquele momento era ali o único lugar onde podíamos prantear Ivan. Viver o horror em que a vida nos jogou. Consolar e ser consolada. Depois, em uma atitude de puro desespero e impotência, de dor-maior-do-que-a-dor, o começo da busca pelo seu corpo. Seus pais me afastaram dessa empreitada para não me expor, não me envolver em um destino semelhante ao do filho. Tentaram me proteger, excluindo-me das visitas – sempre acompanhados por religiosos e advogados – aos quartéis, às prisões, aos gabinetes de deputados, pedindo o corpo do filho. E por muitos anos voltaram para casa com as mãos vazias, o olhar perdido, o corpo encurvado; sem esperança. A muralha erguida em torno da tortura era intransponível.

Entretanto, em meados dos anos 1970, os porões foram apodrecendo de cadáveres jovens. Os ventos do tempo não conseguiram mais esconder o cheiro terrível de tantas mortes. Pouco a pouco, a sociedade foi se indignando e criando condições para o poder militar no governo fazer o que chamaram de *"abertura lenta, gradual e segura"*. Nesse tempo me engajei em um dos muitos comitês da Anistia. Era a minha maneira de lutar pela causa de Ivan e recuperar sua memória. Mais ainda, era preciso ter o seu corpo, dar-lhe a dignidade de uma sepultura. Finalmente, em 1980, após a Lei da Anistia, a família conseguiu a liberação do seu corpo e nós, parentes, amigos, pudemos chorar por ele, sepultá-lo e resgatá-lo para a nossa história. Mais importante ainda, sua família pôde ter em mãos uma certidão de óbito. Ivan recuperava, depois de morto e muito tardiamente, a cidadania. O direito de ter uma certidão de óbito.

Foi triste o dia 21 de junho de 1980, sábado. Fazia muito frio. Recebemos a notícia, ou melhor, a confirmação da notícia na quinta-feira:

– No sábado, ao meio-dia, eles entregarão a ossada, disse-me o pai de Ivan, ao telefone, pedindo-me para ir ao encontro deles.

Levei Santiago comigo. Foram dois dias de ansiedade e sofreguidão: avisar os amigos, as entidades, preparar a cerimônia funeral. Às 16 horas daquela tarde de vento frio, advogados da Organização dos Advogados do Brasil (OAB), circunspectos em seus ternos e gravatas escuras, entraram pela pequena capela com uma caixa de madeira nas mãos. A urna funerária. Depois de oito anos tínhamos conseguido. Agora era permitido chorar um pranto livre, público, enquanto um violino interpretando Villa-Lobos nos falava de saudade. Saudade da infância, de trens na montanha, de velhos amores. Eu abraçava Santiago e chorava. Chorava pelo amor recebido e perdido de maneira tão trágica, chorava pela vida truncada de Ivan, chorava por todas as dores do mundo. Lembrava do nosso último encontro, suas últimas palavras, dos filhos que não tivemos. Chorava por todo o meu abandono, ali, segurando nas mãos de meu pequeno filho. Jorge estava comigo, consolando-me com um abraço. Foi solidário à minha dor, ficou ao meu lado enquanto o fim de tarde escorria pelo vento gelado a entrar por todas as frestas e congelando todos os ossos. A alma estava congelada há muito tempo! Ficamos naquela capela a noite inteira, a reencontrar velhos amigos da universidade, a relembrar velhos tempos, a sentir saudades. De vez em quando, silenciosa, eu me aproximava da pequena urna de madeira e punha-me a alisar as bordas, a conversar com Ivan, a dar a ele a dimensão exata daquele momento. O respeito e a admiração conquistados por quem morreu por suas idéias.

Enterramos Ivan na manhã daquele domingo gelado e voltamos para casa. A partir desse momento, ele poderia ser esquecido em paz. Ainda recortei os jornais daqueles dias e os coloquei nessa pasta. Nunca mais a abri... até hoje. Ivan foi ficando no passado. Hoje eu preciso resgatar Ivan – o homem, o meu namorado. O sentimento de tristeza por não ser a mais importante; quase trinta anos depois. Quem sabe, ao fechar esta pasta possa ter paz, encontrar as respostas.

Dos meus quatro filhos, Anais foi a mais inquieta. Sempre gastou muito mais energia do que os seus irmãos, brigou mais; foi mais voluntariosa. Precisava ser convencida a fazer o que não a entusiasmava. De raciocínio brilhante, curiosa e inquieta, seu coração tinha o tamanho do Universo. Era equilibrada ao seu modo. Entendê-la e conviver com ela era tarefa especial de Ana, a irmã gêmea. Identidade estabelecida desde o momento da concepção. Parceiras solidárias. Ana – contida e calma – era o espelho, a outra face da irmã. Equilibrava seus extremos, contrapunha-se a eles. Era a criança da pesquisa, da conclusão. Anais era a criança da intuição, vislumbrando enevoados caminhos para a irmã os perseguir até desvendá-los. Juntas eram donas do mundo. Desde os seus primeiros anos aprendi a respeitar essa singularidade dos gêmeos. Constituem uma trindade. Cada uma com a sua especificidade e, quando juntos, tornam-se um terceiro – único e complementar a cada um dos indivíduos. Quando nos mudamos para o sítio elas tinham quatro anos. Saíram de um apartamento pequeno e da escola com quintal de cimento e caixote de areia para um sítio. Uma imensidão para gente tão pequena! Viraram bichinhos selvagens. Diuturnamente ao ar livre. Terra, água, animais e plantas forneciam instrumentos para construírem uma nova realidade; esta foi, paulatinamente, substituindo os brinquedos, as bonecas, os ursinhos de pelúcia. Dois anos depois engravidei e nasceu Tadeu. Quase cinco anos mais tarde estava grávida de novo; Miguel. Meus dois adolescentes! Nasceram no sítio, bichos-do-mato, têm outros valores. Dormem cedo, cavalgam, tomam banho de rio. Têm o ritmo biológico mais sintonizado com os movimentos do Sol e da Lua que os horários artificiais por nós estabelecidos.

Anais era, e ainda é, a garota das paixões. Uma natureza revolta, sacudida por fortes sentimentos. O pai é seu herói – sua maior paixão, seu mais forte elo. Ou será Ana, sua outra metade e complemento? Não sei. Ou será Miguel, a sua porção masculina explícita? Não sei. Até hoje, compreender Anais é um desafio: acompanhar as suas descobertas, a revelação da vida, o viver plenamente. Sei da alegria quando ganhou o primeiro cachorro: um boxer, maior que ela, de cara enrugada e aparência feroz, que se transformou logo em uma bola viva e dócil em suas mãos. Anais nos enfiava no seu mundo, misturava-nos aos seus bichos e plantas, formando uma grande e híbrida família. A solidão nunca fez parte dos seus projetos. Falava, perguntava, instigava incessantemente com a irmã, principalmente. Ou com o pai, infindável. Tinha 11 anos quando nasceu meu último bebê. Céus, a festa feita por ela com o irmão menor! Tornou-se o seu mascote desde o primeiro abraço. Uma ligação especial encordoada enquanto cresciam. Ela, a mestra; ele, seu aprendiz preferido. Os dias se esgotavam, recomeçavam e eles, enrodilhados, construindo e reconstruindo mundos de fantasia onde desempenhavam todos os papéis. Na adolescência, adicionou-se o tempero da sedução. Confusa, não se entendia, tal a velocidade com que se transmutava. Nem nós, tampouco. Ora a mulher adulta e sedutora; ora a criança curiosa; ora a irmã mais velha; maternal e cuidadosa; ora a rainha a ter a outra irmã e Miguel como escudeiros; ora uma pitada de cada uma dessas coisas. Aos 13 anos, a primeira paixão! Entregou-se como algo definitivo, do mesmo tamanho da sua vida. Durou três meses. Desde então, sempre esteve apaixonada pelo homem da sua vida, que mudava a cada três meses. Céu e inferno cíclicos e se entregava com a determinação de uma guerreira.

— Vai amadurecer um dia, Francisco me dizia quando ela vinha destroçada, pedir colo e chorar pelo amor acabado.

Elas fizeram 15 anos pouco antes dos feriados de Páscoa. Comemoramos em uma casa de praia com Marília. Às vezes fazíamos isso: viajávamos juntos. Nossos filhos eram primos, irmãos, amigos. Pactos da infância valendo por toda a vida. A adolescência de Santiago o isolou de nós; desapareceu desses encontros. Agora, havia certa expectativa delas em relação à vinda dele para o aniversário. Ficaram atiçadas, muito mais Anais, com a perspectiva do reencontro. Qual não foi a nossa surpresa quando os feriados terminaram com a notícia do namoro de Santiago e Anais. Eu e Marília exultamos. Era a maneira dos nossos filhos consolidarem, com uma nova história, uma relação antiga. Eles se apaixonaram sinceramente. Entretanto, detalhes menos importantes no início – a distância, o ritmo de vida, a história de cada um – aos poucos foi fazendo a diferença e eles não conseguiram estabelecer um projeto comum. Santiago era urbano e Anais enraizada no sítio. Em algum momento, a natureza explosiva e imediatista de Anais não suportou tanta diferença e pôs um término na relação. Voltou para casa, mais uma vez, destroçada e infeliz. O colo de Francisco era o seu porto seguro. Nesses momentos regredia, infantilizava-se. Via o pai como o único homem do mundo. Dessa vez parece ter se machucado mais e ficou um bom tempo encolhida no seguro universo doméstico. Estudava, mexia no meu ateliê, andava com o pai pelos pomares, vagava sozinha enquanto curava suas feridas. Nessa época despontou a sua curiosidade pelo sagrado, pelo místico.

Ana caminha por outro universo. Seu mundo é mais introspectivo e silencioso. Como se a irmã, durante a gestação, tivesse lhe roubado a chave da tagarelice. Tranquila, analisa e aprofunda a curiosidade. Passa por ciclos de interesse. Até a adolescência se envolveu com os animais e frutas, nunca se interessou pelo meu ateliê. Depois entrou na fase do conhecimento científico: estudava muito, horas pesquisando, tentando saciar uma curiosidade infinda. Angustiou-se ao decidir a carreira; fazia-nos interlocutores de suas dúvidas. Não é fácil – é cruel exigir de uma menina crescendo protegida dentro de um sítio, clareza para decidir uma carreira, ainda imatura, ao fim dos seus 16 anos. Nessa época, elas foram viver no apartamento onde nasceram. Amadureceram nesse primeiro desmame: passaram a administrar horários, supermercado, dinheiro, a organização doméstica. Ana, mais objetiva e prática, cuidava da irmã, segurava e dava realidade aos seus voos. Eu tentava ficar uma semana por mês com elas. Além de fazer companhia, eu cuidava do meu trabalho: fazia contatos com a minha galeria de arte, visitava clientes, elaborava projetos com eles. Marília sempre foi importante para a minha carreira. Foi ela, com sua objetividade aliada à sua experiência empresarial e contatos, a me colocar frente à comercialização de minhas obras, profissionalizar-me enquanto artista plástica. Foi ela quem me apresentou os primeiros clientes, introduziu-me em uma galeria de arte. Agora eu tinha um nome, minhas tapeçarias eram conhecidas no mercado. Santiago reaproximou-se e fazia o papel de irmão mais velho; levava-as às festas, apresentava-lhes amigos, mostrava o cosmopolitismo paulistano. Ele e Anais nutriam um carinho especial, mas nunca reataram o namoro, acredito.

Ana, se definiu por uma carreira científica. Alguns meses depois entrou no curso de arquitetura. Conheceu Otávio durante as aulas e começaram a namorar. Fazem planos para o futuro dentro de um projeto de longo prazo – vão se casar depois da universidade, vão fazer isso e isso, tudo detalhado, planejado. Serão felizes.

A vida não fluiu tão facilmente para Anais. Confusa, não conseguia se definir profissionalmente. Iniciou o curso de arte dramática e o interrompeu ainda no primeiro ano. O drama fazia parte de sua vida pessoal, mas não a fascinava como carreira. Decidiu viajar.

– Quero conhecer o Brasil, dizia com o coração apertado.

Comparava-se à irmã gêmea e se culpava por ser tão indecisa. Francisco não conseguia compreender esse desajuste emocional da filha. O prazo dado a ela para amadurecer se esgotava e Anais não amadurecia, não se ajustava às regras sociais. O conflito foi se estabelecendo entre os dois e se agravou quando ela veio, em um fim de semana, com a proposta de andar sem destino. Era demais para um pai e ele endureceu.

— Erramos profundamente na educação dela, ela precisava de mais limites, fomos frouxos, lastimava.

Talvez ele estivesse certo, quem pode saber? Eu via a crise de minha filha por outro prisma. Sabia, por ter vivido na própria pele esse desajuste, da procura pelo próprio eixo, da essência adulta: a sensação de ser humano pleno. Anais repete, tantos anos depois, a mesma história, os meus movimentos angustiados de adolescente. Tentava conversar dessas coisas com Francisco naqueles dias conturbados.

As filhas, apesar de gêmeas, não eram iguais. Amarrar Anais a um destino de sucesso, medido pelas regras de mercado, era torná-la infeliz para sempre. Se fosse possível enquadrá-la... Francisco se sensibilizou, depois de algum tempo. Concordou com a viagem; combinou com a filha as coisas práticas da mesada, das notícias, do prazo de retorno e, mais uma vez, ela voou. Agora, sem nenhuma estrutura, sem mãe ou irmã para cuidar dela.

Poderia ter sido diferente? Se Francisco e eu não tivéssemos cedido e mantido Anais com limites mais estreitos ela não teria se enquadrado? Ela não seria mais feliz? O episódio do mar acrescentou algo à sua vida, a não ser dor e sofrimento? Não foi tudo aquilo uma agonia inútil? Não sei. Não compete às mães viverem ou pouparem seus filhos de seus destinos.

Anais foi para a Amazônia em primeiro lugar. Estava bem, telefonava entusiasmada com a floresta. Contudo, o chamado do mar foi mais forte e ela partiu para Morro de

São Paulo. Esse pedaço do paraíso, cobiçado por alternativos do mundo todo, fascinou também minha filha. Logo conheceu um pintor alemão, Gustav e se apaixonaram. Ele era 20 anos mais velho e pressenti problemas. Desejei viajar; intuitivamente, sabia da necessidade de protegê-la; ela estava se metendo em problemas maiores do que poderia suportar.

Deveria ter prestado mais atenção à minha intuição. No começo as coisas iam bem e ela nos telefonava com alegria. Para aliviar o mau presságio renitente convidamos o seu namorado para vir nos visitar. Talvez o olhar de Gustav pudesse nos tranquilizar, mas nada aconteceu. Anais foi escasseando seus telefonemas, ficando lacônica. Minha angústia era paralisante e Francisco, ambíguo. Por momentos, dividia comigo esse medo e em outros, relevava.

— Faltam-me dados concretos para vislumbrar um drama, dizia.

Algumas semanas mais tarde, um telefonema angustiado de Gustav nos falava de um acidente de barco com Anais. Tinha sido grave, com lesão cerebral e ela estava sendo removida para Salvador. Os alemães são muito objetivos até para dar notícias horríveis. Voamos desesperados para lá. Gustav nos falava com a responsabilidade que a verdade tem para um homem de sua estrutura; não fantasiava, não dourava nem omitia nada. Apenas nos contava como as coisas se sucederam:

— A inviabilidade da relação entre nós, a diferença entre as culturas, o hiato de gerações. Anais não aceitava meus argumentos. Insistia e insistia. Por fim, durante mais uma de nossas brigas se desesperou e, completamente transtornada, pegou o meu barco em um momento de mar perigoso com chuvas e ventos de nordeste. Lançou-se sozinha mar adentro. Aconteceu. Foi resgatada algumas horas depois por pescadores e pela Marinha com ferimentos na cabeça e desacordada. O colete salva-vidas tinha mantido-a flutuando e viva.

Ele tentava ocultar sua angústia, enquanto nos contava na sala do hospital. Dentro da UTI minha filha se debatia nos seus pântanos.

Dez dias depois, ela foi sendo trazida lentamente à consciência. Anais acordou, falou conosco ainda fragilizada, fraca, pálida, porém sem lesões cerebrais. Pobre menina! Como pagava caro cada minuto vivido. Santiago foi fundamental nesse primeiro momento. Ele voou de Londres para vê-la e permaneceu a seu lado até a alta. Pedimos para Gustav se afastar e tão logo foi possível a trouxemos de volta para o sítio. Dessa vez ela tinha ido longe demais.

Capítulo 3

[24 DE DEZEMBRO]

Para onde vou na véspera de Natal? Tenho energia para sair dessa cama e comprar presentes? Como chegar à casa dos meus pais e me reunir à família? Conseguirei afagar os bebês? Sonhar a vida deles; pensar na continuidade do clã? Que farsa estou prestes a me submeter?

Se eu conseguisse desaparecer, assumir a minha solidão essencial, esquecer a família, desvencilhar-me dos pais velhos... Não me importar com tantos planos deles para reunir a família neste Natal; por considerarem uma imensa vitória estarem ainda vivos e comemorar. Que vínculo é esse que me liga a esses dois velhinhos? Por que eu tenho de me violentar tanto, submeter-se aos desejos deles? Por que tenho que fingir felicidade por estar com eles nesta noite? Em nome de qual sentimento faço isso?

Há um esforço repetido em não decepcioná-los, em continuar tentando ser a filha moldada. O gesto se repete sempre tantos anos depois. Se eu for como eles esperam, talvez possa ser aceita – continuo a recitar e repetir esse mantra monotonamente. Inútil! O abandono existe há 50 anos. Ele feriu e doeu a cada dia destes 50 anos. Jorge só o legitima; torna-o incandescente. O primeiro abandono e, agora, o abandono final. De permeio a isso, a minha vida, a solidão...

Poderia ter sido diferente? A solidão dessa manhã difere da solidão anterior em minha vida? Antes, havia a esperança... amar incondicionalmente. E o amor me nutriria, livrar-me-ia da sensação asfixiante de abandono. Falhei aqui também. Amor algum me curou, porque a regra básica dos sentimentos e da troca foi ignorada. E me deparei com Jorge. Com o seu jeito de amar-não-amando. Não cobrava e não se entregava. O amor indiferente; feito sob medida para quem tinha medo do amor. E foi o medo-indiferença o alicerce de um casamento; do pacto de emoções congeladas. Claro que desmoronaria um dia! Durou 27 anos, porque o compromisso com o sucesso nos ocupava muito tempo e energia e foi possível ignorar o conteúdo da caixa de prata oculta no continente gelado do coração.

Foi possível até Jorge não suportar mais o vazio e sucumbir. Permitiu as emoções descongelarem, se aquecerem e, como o gás a se expandir com o calor; ocupar o território onde deveriam habitar os sentimentos; ao saírem da caixa de prata, reverberaram no coração, em cada uma de suas artérias, em cada gota do seu sangue. Até todo o corpo ser envolvido por elas. Ah, como eu o compreendo e o invejo! Uma emoção como essa justifica uma vida. A profecia a se cumprir... Nunca construí vínculos; abandonei-os antes. Como eu não me dei conta da solidez do meu vínculo com Jorge? Como eu me desarmei perante o seu jeito indiferente de ser?

Dava-nos uma sensação de modernidade viver um casamento apoiado em coisas mais reais do que a paixão – o respeito aos desejos individuais. Isso nos dava cumplicidade, tolerância e mantinha a atração. Éramos compartes de um projeto comum; do reconhecimento individual. Estávamos dispostos a correr os riscos para consolidá-lo. Havia um alto preço a ser pago, mas tínhamos consciência e disposição para pagá-lo: a dedicação quase exclusiva ao trabalho, ao desafio do crescimento profissional, à construção das carreiras. Nesse contexto, Jorge e eu éramos pares ideais. Não permitimos a interferência do espaço pessoal e doméstico no projeto maior: o trabalho. Éramos cúmplices quando a lógica competitiva e destrutiva nos ameaçava. Mas a entrega, a tal generosidade estava subordinada ao projeto maior. E, ao investirmos mais e mais nessa insana proposta – como percebo isso agora – a nossa sensibilidade foi se atrofiando, a ternura se perdendo, a intuição se anestesiando e os sentimentos se esgarçando de tal modo que, após alguns anos, éramos apenas cérebros. Refinados cérebros moldados pela tecnologia do mundo contemporâneo. Cérebros sustentados por corpos elegantes e adornados com roupas de luxo.

Foi assim até poucas horas atrás, até tudo ruir, naufragar em um mar de emoções desequilibradas; negadas e anuladas por mais de 30 anos. O degelo desta minha vida foi inesperado, repentino demais, avassalador. Difícil e dolorosa desorganização. O custo por ter negado o impulso vital, a energia, a libido. Pago esse erro com o preço da vida!

Não. Não adianta ficar nessa cama indefinidamente, ruminando, alimentando a angústia desses pensamentos terríveis. Preciso reagir, sair de casa, fazer as malas e viajar. Ir à festa de Natal, comprar presentes. Confirmar a minha passagem para Londres.

Ir a Londres para ver Santiago é imperativo. Estar com ele me trará algum alívio, algumas respostas. Talvez eu pudesse viver em Londres por uns tempos. Fazer algum curso de arte ou economia. Não, nenhum curso de economia. Quero romper – já rompi – com a minha carreira. Ela não me diz mais nada. Estar perto dele; ali talvez eu possa me recuperar; recompor-me.

Eu poderia abrir mão desse apartamento e alugar outro em Londres. Voltaria a estudar. Ou melhor: um curso de civilizações antigas. Buscaria entender a essência do homem por meio do conhecimento de seu passado, da sua história. Ou poderia fazer um curso de história da arte. Poderia fazer qualquer curso; preencher-me de cursos. Não precisaria pensar, ocuparia esse imenso vazio. Estaria com Santiago no fim de semana. Viajaríamos, veríamos filmes, peças de teatro – exatamente como quando ele era adolescente. Viver em Londres significa a ruptura total com todos os meus vínculos. Tenho algum? Alguma pessoa especial? O trabalho? A carreira? O prestígio profissional? O sucesso?

Sim, vou a Londres. Está decidido. Se for viável viver lá, volto para desarticular os meus movimentos. Desfazer-me do trabalho; do apartamento. Viabilizar-me financeiramente para esse tempo. Ufa! Sinto-me mais leve após ter tomado essa decisão. Vejo um caminho. Interrompo o imobilismo de vítima. Reciclo a energia, recupero a capacidade de pensar; pensar a meu favor. Será bom estar perto de meu filho; da única pessoa a quem eu soube amar incondicionalmente. Haverá uma possibilidade de renascimento a partir dele?

Há uma garoa fina nesse começo de dia. Quente, abafado, úmido, cinzento. Acordo e me deixo ficar na cama. Com preguiça me estiro e reluto em levantar. Os barulhos matinais vão surgindo: o chuveiro, o perfume do café na cozinha, as primeiras notícias de rádio. Abafados pela distância chegam os sons das ovelhas no aprisco e das galinhas d´Angola. É suave e precoce o despertar no campo. Meu relógio biológico sempre pede uma hora a mais. Francisco é diferente; sempre está em sintonia fina com o ritmo da natureza.

Hoje é véspera de Natal. Se os pais de Francisco ainda fossem vivos celebraríamos na casa deles – foi o que fizemos todos esses anos. Há dois anos, não mais. Nossas cerimônias começaram no *Solstício de Verão* e continuam hoje. Singelas, a troca de presentes e a ceia. Misturamos os ritos, fazemos um sincretismo das comemorações. Apenas eu, ele, Ana e os meninos. Anais... Bem, ela deve ligar a qualquer momento de Mumbai. Este será nosso primeiro Natal sem ela. Apesar de viver longe de casa, retornava sempre. Fins de semana, feriados, festas especiais. Estava sempre por perto. Agora é diferente... está a milhares de quilômetros distante. Está sozinha.

Hoje Anais terá alguma saudade especial de nós ou o deslumbramento a fará esquecer as celebrações do Solstício e do Natal? Terá saudades da árvore de Natal da casa dos avós e da troca de presentes? Admiro a determinação de minha filha em se aprofundar na cultura indiana. Quantas indagações antes da decisão de viajar e compreender aquela sociedade! Não digo a compreensão intelectual ou a coleta de informações, mas um entender visceral do cotidiano indiano. Ela não se arrependeu dessa decisão. Está lá há oito meses, em um curso regular de Belas Artes, na Universidade de Mumbai. Continua tão entusiasmada como no primeiro dia. Seus e-mails falam de cada descoberta como se fossem preciosos tesouros! Meu coração de mãe chora de saudades; sinto falta da sua alegria, do jeito impetuoso de se jogar na cama ao meu lado e conversar. Falar horas das suas idéias – aquele turbilhão de pensamentos e emoções, dos seus sonhos, dos seus planos. Quando o projeto da viagem à Índia começou a tomar forma em sua cabeça, bombardeou-nos, meses a fio, com todas as possibilidades, razões e argumentos para nos convencer. Ela nos fez parceiros do seu sonho. Sua energia e sua vivacidade sempre me fazem falta.

A saudade aguda de Anais me empurra para fora da cama. Acendendo meu primeiro cigarro, busco alguma notícia no computador; não há nada de novo. Pacifico a minha angústia, sabendo de seu telefonema a qualquer minuto e tento organizar o meu dia. Não sou uma pessoa disciplinada e é sempre um desafio impor ritmo ao meu trabalho. Foi à custa de muito esforço para compreender que só criatividade seria inútil se não conseguisse expressá-la em algo concreto. Foram anos de tentativas, acertos e erros para estabelecer uma rotina a contemplar todas as etapas – criação de ovelhas, tosa, fiação, pigmentos, tingimento, fixação para finalmente chegar à tecelagem. Uma infra-estrutura a funcionar de maneira sintonizada para o meu processo de criação: do desenho que surge em uma madrugada qualquer na prancheta encontrar um caminho para se viabilizar em um objeto... Engendrar fio-a-fio e cor-a-cor em teares às vezes milenares, às vezes *hi-tech*, um produto único e especial.

O meu melhor trabalho em toda essa cadeia são os pigmentos. A coloração artesanal, usando pigmentos extraídos da natureza, confere às minhas tapeçarias uma característica ímpar, quase uma marca. Especialmente um tom de azul, retirado de uma maneira quase secreta de uma pequena flor azul – nativa e rara, fruto exclusivo dessa floresta durante o verão. Foram anos até conseguir purificá-los e obter a prima essência, a cor. Uso vegetais, principalmente. Pigmentos concentrados em sementes, cascas de árvores, pétalas de flor; recebo algumas sementes da Amazônia para enriquecer os meus vermelhos. Da região do Jequitinhonha vêm alguns pigmentos ferrosos para os tons de marrom. Amoras, framboesas silvestres e flores de pessegueiro me permitem criar o rosa, o lilás. A atividade artesanal e os tons não se repetem. Hoje consigo antecipadamente avaliar a quantidade de lã para cada peça, de uma maneira quase precisa e ter segurança de trabalhar com cores homogêneas. Esse foi um dos grandes desafios; provavelmente só superado pelo processo de fixação da cor no fio. Só nessa etapa uso um produto químico, incorporando resistência à ação do tempo, da luz do Sol e da umidade; inimigos atemporais da arte.

Curiosa é a forma como minhas obras chegam ao mercado. Estão consolidadas na Bélgica, na Alemanha e no Rio de Janeiro, além de São Paulo. São ações individuais, peculiares aos contatos com as galerias de arte. O artista não pode só se ocupar da criação; precisa concretizar o espaço para a exposição da obra. Foi Marília quem me mostrou isso. Há poucos dias acertei uma exposição individual em Colônia, na Alemanha, para setembro próximo. São 18 peças... Fiquei entusiasmadíssima!

Nesta semana trabalho muito pouco, encerrando algumas peças. Tomo o primeiro café – preto, amargo e forte – e com outro cigarro entre os dedos consigo despertar verdadeiramente e chegar ao ateliê. Intuo um bom dia pela frente. Concentro-me na supervisão dos dois painéis destinados a Berlim, pois devem ser concluídos ainda nesta semana. Michael, o meu *marchand* na Europa – apresentado por Gustav – encomendou-os para o novo escritório de uma seguradora. Muitas ideias foram trocadas por telefone e e-mails. Rascunhos do projeto foram e voltaram muitas vezes; discutimos dimensões, texturas, extensão da parede, incidência da luz, ângulos de visão até eu conseguir chegar a um esboço do agrado; da total aprovação do meu cliente invisível.

Gastei algum tempo nas oficinas de tingimento preparando a lã necessária. Criar a cor, obter o tom exato é fundamental. Não saio de perto das caldeiras em uma vigília atenta e constante. Testo cada nuança. São horas de intenso desconforto físico, devido ao vapor, mas de imenso prazer estético. Em momentos mais delirantes, sinto-me como um alquimista medieval a buscar por meio de misturas aleatórias e intuitivas, o surgimento de um novo elixir que destrua a peste ou transforme a madeira em ouro! A cor exata surge da experiência adquirida e da experimentação. Surge do ato de valorizar a intuição; da dedicação e persistência quase teimosa em buscar exatamente o objetivo. Nunca me contento com menos. Quando consegui essa disciplina comecei a me considerar uma profissional e a buscar reconhecimento; respeito pelo meu trabalho. Enquanto eu me contentava com uma quase-cor eu era só mais uma amadora, uma aprendiz.

Há cinco anos incorporei a alta tecnologia. Uso um programa de computador que decodifica o meu desenho em um gráfico apropriado ao tear. Tenho um tear informatizado que convive pacificamente com velhos teares manuais, milenares. A história da tapeçaria – arte ancestral presente em todas as culturas primitivas e com uma expressividade peculiar na cultura persa – contém passagens muito interessantes, saborosas, eu diria. Uma delas nos diz da maneira como os gráficos são lidos pelo artesão. Foi Anais quem recolheu essa história, oriunda das tribos nômades do Oriente Médio e fotografou algumas cenas. Os desenhos, os esquemas gráficos são cantados como um mantra ao ouvido do tecelão e, a determinados sons, ele muda a cor – segundo um gráfico imaginário, uma pauta musical. Conhecimento transmitido pela tradição oral por meio de gerações. Não há escola com competência para ensinar tão sofisticada receita. As minhas peças berlinenses já saíram dos teares e hoje, retiradas da prensa, irão para o acabamento final. Recortes, franjas, proteção, detalhes a garantir à obra chegar intacta ao seu destino.

Contra o imobilismo dos dias anteriores, paradoxalmente, eu quero ação. Tenho energia a ser despendida em ruas cheias, lojas tumultuadas, congestionamentos gigantescos. Mas é só a outra ponta do mesmo desequilíbrio. Ora o pêndulo da inanição, ora o da agitação desorganizada. Lojas, presentes, tráfego intenso, estrada. Quero chegar em casa a tempo de ajudar o preparo da ceia de Natal. Vou comprar amêndoas e cerejas para fazer uma torta. Há quanto tempo eu não entro em uma cozinha; não sinto o perfume das amêndoas sendo assadas! Tomar vinho enquanto se trabalha, conversar com as pessoas. Sair um pouco desse isolamento no qual me meti nesses dias, nesses extensos anos. Sim, será muito bom. Sobreviverei a mais esse dia, concluo. Algo que me parecia impossível ontem...

O tráfego pesado não me incomoda mesmo estando no começo da viagem. Sair de São Paulo em véspera de Natal é quase insuportável. Evito, à custa de música em alto volume, aborrecer-me com a lentidão dos carros, o sol do meio-dia de verão, a impaciência dos paulistanos e entrar novamente no poço dos pensamentos depressivos. Que música é essa? Claro, eu me lembro! É uma raridade... Nina Simone cantando. Impossível ouvir essa música e não me lembrar de Pedro Henrique.

Pedro Henrique foi o meu sol por todo um inverno; um sol proibido. Representou a leveza, a energia, a juventude naqueles momentos pesados. Era o inverno de 1990. O trabalho estava horrível, sob intensa pressão. Eu disputava um cargo, uma promoção na empresa, fundamental na minha carreira; disputava a Diretoria de Produtos. O fato de ser uma mulher de 40 anos era um fator negativo. Pesquisas pontuam que diretores e executivos de altos cargos indicam homens como sucessores. Sentem-se mais seguros e confiantes... dizem. Eu sabia disso, fazia articulações cuidadosas para tentar anular essa diferença de gênero. Pisava em terreno minado. Misturado a isso – ou só por causa disso – não estava bem de saúde. Dormia pouco, comia mal.

Com gastrite, meu estômago doía cotidianamente; perdia peso. Irregularidades menstruais e sangramentos intensos me fragilizavam.

Pedro Henrique surgiu nesse momento. Bonito, jovem, alegre, sensual... com toda a energia dos 30 anos. Assediava-me com o magnetismo dos capricornianos. Gentil, estimulante, refinado e persistente. Era delicioso almoçar com ele, conversar sobre amenidades. Relaxava e desestressava. A empresa nunca entrava nessas conversas, ele tinha um *feeling* especial sobre assuntos proibidos. Talvez soubesse das pressões, da guerra surda sendo tecida no departamento, minha tensão devia ser pública. A disputa entrava em uma fase decisiva com o fogo cruzado se intensificando; artilharia sutil, polida, mas nem por isso menos sangrenta. Ele foi um bálsamo! Eu estava com 40 anos e tinha medos. Muitos medos. Medo de perder a promoção, medo de cair. Medo da estagnação, medo de perder poder. Medo de ser ofuscada, medo de parar de brilhar. Medo de envelhecer. Quando comecei a perceber o desejo no olhar, na voz dele foi como se a primavera se antecipasse e as cores fizessem, de novo, parte da minha vida. Renasci! Eu o atiçava, despertava sua curiosidade. Para ele, eu era um mistério: uma mulher de 40 anos é, ao olhar de um homem de 30 anos, como uma caixa mágica. Mil facetas – segurança, experiência, sucesso, liderança e refinamento cultural ainda inacessíveis a eles. Eu fazia bem o jogo de presença e separação, intimidade e distância, de paixão e razão. Isso o fascinava!

Almoços não conseguiram mais ser só almoços. Um clima de erotismo permeava. Nossos toques, antes acidentais, passaram a ser deliberadamente intencionais. Não disfarçávamos mais. Foi a minha primeira paixão depois de tantos anos. Questionei por algum tempo a ética, a infidelidade, a traição. De como esses consensos sociais enfrentavam as minhas emoções! Não me senti infiel, traindo Jorge. Era uma relação de outra natureza, outras emoções envolvidas. A convivência com Pedro Henrique me restaurava a libido; nele eu buscava a força para entrar, todo dia, naquela empresa e lutar.

O cotidiano ao lado de Jorge não se alterou. O bom parceiro para algumas noites domésticas, conversas leves sobre a rotina ou intensas sobre alguma questão pontual. O meu afeto por ele era sereno e seguro. Morno. Tento vasculhar o meu desejo por ele naquele tempo. Disfarçado, indiferente, culpado, estimulado? Era uma mistura de tudo isso. Houve pequenas mudanças, sutilezas por certo. Uma mulher não dorme com dois homens simultaneamente sem ser afetada por isso. Meus hormônios estavam mais estimulados, minhas fantasias, mais intensas e ousadas e... isso fazia toda a diferença. Teria Jorge percebido essa outra mulher? Estaria ele tão ligado na nossa vida em comum ao ponto de perceber as pequenas mudanças no meu comportamento, na minha umidade vaginal? Provavelmente não. Éramos polidos e carinhosamente indiferentes um ao outro. Não tínhamos um nível de cumplicidade tão estreito assim.

Ao tranquilizar a minha consciência, exigente e crítica, permiti-me viver a aventura com Pedro Henrique. E que saborosa aventura! Até ele começar a mudar. Apaixonou-se. Propunha que nós dois rompêssemos os casamentos e construíssemos uma ligação estável. Isso começou a me assustar. Uma relação assim exigia um envolvimento cuja magnitude eu me percebia incapaz. Uma profundidade de sentimentos inexistente e eu não tinha perspectiva de buscá-los. A leveza se transformou em tensão. Não passava pelos meus planos mudar meu estilo de vida, envolver-me. Ter responsabilidade afetiva por alguém. Eu não amava Pedro Henrique.

Tudo precisou começar a acabar...

Os almoços, os telefonemas picantes, os e-mails apaixonados, os bilhetes ternos, os pequenos presentes, as tardes de amor, as tardes de sábado... Não podiam durar e se esgarçavam. Pedro Henrique resistiu à minha decisão. Era um guerreiro e tinha uma energia imensa para lutar pelas coisas a lhe convir. Até então essa era sua qualidade mais interessante, mais atraente... agora eu devia lidar com a qualidade voltada contra mim. Ele usava as armas de maior valor na minha escala, ousadia, persistência e criatividade para me impressionar e pressionar. Surpreendia com cartas eróticas, flores exóticas. Assustava-me com telefonemas românticos em horas estranhas. Falava de saudade, de amor, desejo e dor. Apesar de sensibilizada eu nada podia fazer. Os seus desejos não coincidiam mais com os meus. O momento comum tinha passado.

Desperta, memória avivada tantos anos depois... gostaria de saber sobre Pedro Henrique; saber como ele viveu esses 10 anos. Do seu momento atual. Não! É melhor nem saber. Não importa mais. Minha mente se distrai em conjecturas sobre ele nessa viagem lenta. O dia continua luminoso e após um sem número de ramificações, o trânsito começa a fluir. Dentro em pouco estarei em casa.

O que é estar em casa? Estar em casa significa senti-la como sua, ter algum espaço a lhe pertencer. Não, não tenho a sensação de ir para casa, um ambiente aconchegante a lembrar a sensação de ninho, referência afetiva de amparo e proteção. A casa dos meus pais, a minha casa primeira... nunca foi isso para mim. Sempre me senti uma estranha lá.

Lembro-me da adolescência...

Foi um tempo difícil. Um tempo de conflitos. Com energia e rebeldia próprias, eu assustava e irritava toda a família com os protestos contra aquele mundo fechado, rígido, religioso. Contestava valores sociais, padrões religiosos e morais. Entrei em conflito com a igreja e suas verdades. Rebelei-me contra os padres e seus rituais aos domingos; suas missas e pregações de pecados e culpas. Enquanto o meu pensamento ia ganhando consistência, conseguindo estabelecer um raciocínio mais lógico, os dogmas da Igreja Católica foram se tornando insuportáveis. Como conviver com o *"pecado original"*? Como conviver com o céu e o inferno? Rompi com ela. Abandonei os rituais seculares. Nem tinha 14 anos...

Depois rompi com o primogênito, o irmão quatro anos mais velho. Em nome do cuidado, exercia perfeitamente a própria vontade; encarnava o papel repressor masculino. Queria restringir meus passos, alegando experiência, vivência, maturidade. Tentava escolher meus caminhos pelos seus caminhos corretos. Sufocava-me! Vivíamos em guerra, apenas neutralizada com minha saída de casa, algum tempo depois. Fizemos opções muito diferentes de vida e hoje estamos quilômetros de distância de qualquer afinidade. Nosso relacionamento não tem a beligerância do passado, tem um verniz de sociabilidade e nenhum afeto justificado pelo sangue. O amor não vem determinado geneticamente. E será com essa família a minha noite de Natal!

Tenho mesmo que estar lá, que representar o papel de filha e irmã? Por que eu não consigo sair dessa estrada na próxima cidade, parar em um hotel qualquer e simplesmente ficar? Por que eu não assumo comigo mesma que a casa dos meus pais não é um lugar para onde ir? Por que eu não tenho coragem – como eu já fiz com os outros – de romper esse último vínculo? Preciso de um motivo, um fato concreto a dar visibilidade a esse desconforto? Não, eu não tenho essa energia hoje. Não há forças para nenhuma batalha. Não há reservas para enfrentar esse conflito, o mais antigo de todos: a relação com as pessoas que eu, culturalmente, deveria amar, mas, no fundo, tenho um sentimento muito mais próximo da raiva. Raiva oculta pela indiferença, neutralidade plácida estabelecida ao longo dos anos e com a qual eu mascarei uma relação angustiada, quase impossível de ser enfrentada e muito menos resolvida. Contradição. É com essas pessoas a tentativa de aproximação hoje. Uma leveza de noite de Natal. É com elas o desejo de compartilhar o vinho, assar amêndoas e fazer uma torta de Natal. Em nome do que, Marília? A legitimação de uma relação parental passível de resgatar o sentimento de abandono, o ferimento que desestrutura toda a minha vida?

Não sei. Terei essas respostas esta noite.

Esse papel eu sei desempenhar com arte. A arte da hipocrisia. Sorrir, abraçar, conversar. Falar sobre coisas desimportantes e inúteis. E a mala cheia de presentes. Serão os presentes o passaporte para a legitimação afetiva, a redenção? Angustiada, vejo a casa surgir. É uma casa bonita. Grande, imponente, linhas sólidas. E sempre o mesmo amarelo nas paredes. Janelas brancas. Um jardim imenso, antes bem cuidado e hoje se deteriorando. Não tenho mais a chave da casa. Há muito tempo – em um tempo de rupturas – abri mão dessa chave. Agora sou hóspede: telefono antes de chegar, toco a campainha como uma estranha. Como se não tivesse passado meia vida entre essas paredes, construído uma história. São 15 horas e quem me abre a porta é a sobrinha-afilhada. Depois vejo os outros: pai e mãe. Como envelheceram nesses meses! Os irmãos, as cunhadas, outros sobrinhos... todos. Fui a última a chegar. Exatamente como me propus – sorrir, falar, perguntar e ouvir. Falar pouco. Escutá-los. Permitir-me ouvir todas as coisas estúpidas que eu não quero saber, embora sorria e continue a perguntar mais.

Ajudam-me a descarregar o carro e, com os olhos excitados, a colocar os presentes sob a árvore. Mais tarde, penetrar no santuário: a cozinha. Cheia, como se a energia a mover cada um emanasse dela. Com as mãos ocupadas pelos sacos de supermercado falo sobre a disposição de preparar a torta de amêndoas. Tentam me dissuadir, mas insisto. É importante para mim. O contato com a cozinha simboliza o resgate das doçuras da infância, do afeto fluindo. Quando Santiago era pequeno eu fazia *strudell* de maçã para ele. Geralmente nos sábados de inverno, quando ficar em casa se transformava em um espaço mágico: a cozinha se aquecia e o ar se perfumava com o cheiro de canela e maçãs assadas. O perfume de torta de frutas assadas simboliza o amor materno para mim. O meu amor por Santiago. E compreendo ter vindo fazer uma torta de frutas para a minha mãe, na esperança que o seu perfume, aliado ao espírito de Natal, degele seu coração e ela possa me amar. Eu vim buscar, nesta noite de Natal, um amor em débito há 50 anos. Talvez seja esse afeto a única cura para o abandono de Jorge.

Finalmente concluí as peças. Vou para casa entrar no espírito de Natal. Meu talento com os fios não se transfere para a alquimia dos alimentos. Não consigo fazer da mistura de ingredientes culinários uma obra de arte, mesmo em datas especiais; mesmo seguindo receitas à risca. Esse é o talento de Francisco. No *Solstício de Verão* tivemos um jantar frugal com ingredientes sóbrios: grãos, peixes, vegetais e frutas secas como rezava o ritual. Hoje temos o outro lado do pêndulo: sofisticação, ingredientes nobres. Todos os detalhes planejados! Não importa sermos apenas cinco à mesa. Ele se lança ao trabalho de preparar um requintado jantar com o mesmo entusiasmo que teria, caso fôssemos 50.

Depois de me livrar do cheiro de tintas e lã, descobri a disposição de surpreender como mulher sofisticada, vestida em seda vermelha. Na cerimônia do Solstício de Verão eu era quase uma sacerdotisa com minhas roupas brancas e diáfanas. Sei de surpresas quando vejo o olhar de Francisco ao encontrá-lo na cozinha. Às 21 horas, o telefone toca e meu coração se congela. Tenho certeza de ser Anais. Pelos gritos do irmão percebi a firmeza do meu instinto. A emoção me envolve. Há quanto tempo eu não ouço a voz dela... O pai, ansioso e com a voz entrecortada, dá conta dos sentimentos; diz coisas imprecisas, chora disfarçadamente e, incapaz de falar mais, passa-me o telefone. Ela também chora... Digo a ela sobre as minhas saudades, os pensamentos dessa manhã. Quero saber detalhes da sua vida. Nesse momento, sou a mãe-leoa a querer saber e controlar o seu filhote. Onde está? Há solidão ao seu lado? E também a compartilhar; fazê-la saber do nosso amor. Foi só depois de lhe assegurar o nosso amor, de percebê-la nutrida, reconfortada e amada que pude dar vazão à saudade, ao imenso vazio no pedaço do meu coração reservado a ela. Chorar foi inevitável. Chorávamos num fluir de ausências, sentimento necessário de ser dividido. Senti uma fisgada no peito, uma dor transfixante e rápida. Incapaz de continuar, devolvi o telefone ao pai. Reconfortei-me nos braços dos meninos; um momento de catarse familiar. Aos poucos, o choro foi se aquietando e um silêncio triste ocupou a sala.

Todos tínhamos saudades de Anais; todos temíamos pelo seu equilíbrio emocional. Não é fácil para uma mãe abrir mão de seu filho. Sentia isso na minha pele a cada manhã. Não importa quantos filhos se tenha. Um, dois, quatro, seis. Cada um a alçar voo – mesmo esperado, desejado e abençoado – provoca um buraco, uma lesão na maternidade de cada mulher, uma perda irreparável. Há algo na relação do cuidar, essa atividade específica da maternidade que nos deixa plenas e poderosas e se esvai no momento da partida, deixando-nos ocas. Inútil. Esse sentimento não é substituído pelo cuidar do outro filho. Mesmo com os meus outros três filhos me abraçando, sentia-me vazia sem Anais. A fragilidade, a distância, a ausência golpeavam duramente a minha maternidade.

Eram 21 horas quando o telefone tocou. Intuí ser Santiago. Mesmo ausente, alimentava os vínculos afetivos. Tão diferente de mim! Quis falar com os avós, tios e todas as primas. Era um sedutor... Sabia conviver naturalmente com a formalidade familiar. Não tinha o esforço do cinismo, como eu. Era sincero o seu afeto. Finalmente, ao ouvi-lo, o choro me queimava a garganta. Como lhe explicar a ausência do pai? Fui para a privacidade do quarto para contar a ele uma história enredada. Percebi com alívio a verossimilhança na minha história e respirei aliviada. Informei-lhe sobre chegada a Londres na manhã de terça-feira. Reservas feitas no hotel de sempre. Combinamos o encontro e, finalmente, desligamos.

Esse esforço de naturalidade – tão difícil escapar da perspicácia de Santiago – consumiu a reserva de energia acumulada durante o dia à custa de tenaz determinação. Fiquei mal de novo. O coração, vulnerável, disparou: batia fora do ritmo; tive um pressentimento de morte. Não, não ali, não agora. Respirei fundo e tentei me controlar, era uma crise emocional, sabia, só precisava de um tempo, ficar sozinha no silêncio do quarto. Impossível outra máscara. Ouvia os ruídos das pessoas andando. Paradoxalmente desejava a solidão e, ao mesmo tempo, suplicava para minha mãe, meu pai, em um gesto de ousadia, abrir a porta e me colocar no colo. Fiquei ali a esperar a redenção. Nada aconteceu. O instinto materno poderia ter feito a ponte entre eu e minha mãe. A diferença entre ir ou ficar não existia mais. Ela não percebeu que naquele momento só ela poderia ter me tirado do abismo. Fiquei quieta, encolhida no quarto escuro. O abandono para mim era definitivo. Retornei ao útero e, de novo, fui rejeitada. Aquele não era o meu lugar, nunca tinha sido. Nem chorar consegui. Sentimentos congelados – nem tristeza, nem dor, nem mágoa. Um gelo azul cravado no peito.

Com o semblante de uma mulher despojada de todas as esperanças comecei a me vestir para a ceia de Natal. Coincidência ou não, o vestido era azul. Azul glacial, quase acinzentado. Falava de gelos essa cor: era uma mulher congelada e sem vida. Os outros não perceberiam; eu saberia sustentar e esconder esse drama. Se fosse possível chamar sentimento tão vital de drama. Bastava um toque de maquiagem, um brilho, uma jóia no lugar certo. Durante uma vida eu soube tudo sobre esconder emoções. Por que eu não faria isso hoje?

O resto da noite seria só *performance*. Já tinha vivido a catarse sozinha. O instante decisivo tinha se passado e intuía nada mais ter importância naquela noite. Cruel comigo mesma, ainda assim quis viver o papel por inteiro. Retornei à sala escondida por uma máscara de elegância e suavidade. Gentil, insisti em participar da arrumação da mesa, da melhor localização das flores e das velas... Secretamente sentia o perfume da torta de amêndoas e questionava olhares e expressões. Atribuí ao doce a revelação mágica de um segredo: se alguém a provasse, estaria livre do pesadelo. Renasceu a esperança de alguém ter essa revelação. Nesse momento o gelo do meu olhar se modificou um pouco. Observava as pessoas, a tentar perceber, premonitoriamente, alguma junção milagrosa de genes, a salvação.

Bebemos champanhe, cumprimentamos-nos e abrimos presentes. Estava entorpecida o tempo todo. Nada sei dos pacotes recebidos. Nada sei dos mimos presenteados. Nada sei da comida na mesa enfeitada. Apenas a torta de frutas continuava incólume a testar a minha fragilidade, descansando no aparador. A chegar o momento da sobremesa, minha adrenalina se acelerou. Meu olhar se direcionava com ansiedade infantil para os gestos de minha mãe. Buscava algum movimento dela, qualquer um, a sinalizar a esperança. Uma simples fantasia de probabilidades novamente ganhava contornos de decisão vital. Mas os dados do destino não entraram no jogo. Isso eu ia percebendo enquanto os sorvetes e os pavês - doces gelados mais adequados àquela noite quente de verão - ganhavam a preferência frente à torta de origem européia, própria ao frio e à neve, não ao verão tropical do Natal brasileiro. Ninguém tocou na torta, ninguém. Ela ficou inteira no aparador. A mim não restava mais nada. Nada.

Capítulo 4

[25 DE DEZEMBRO]

Dormi mal essa noite. Cama estranha, sono de menos, angústia demais. Fiquei muito tempo insone, conjecturando. Pensando na ligação que mantenho com a minha família. Vim ansiosa demais... querendo resgatar, receber algum afeto e não encontrei acolhida alguma. Repetiram-se as mesmas situações desses 50 anos. Nada mudou, permaneceu um ambiente de hipocrisia afetiva – gentilezas, sorrisos, abraços a espelhar emoções superficiais; nada desce ao âmago, ao sentido intrínseco do afeto. Isso não me basta mais. Busco a essência do sentimento, a emoção a dar sentido à vida. Não havia nada disso aqui ontem. Nada de verdadeiro, nada de essencial. Alucinação de minha parte esperar encontrar essa profundidade de sentimentos aqui! Eles são assim, superficiais, sempre foram. O quê eu esperava?

Frustração. Acordei em um espaço improvisado, à guisa de quarto: a sala de TV, onde o sofá se transformou em uma cama desconfortável. Ambiente pouco familiar, no qual meu olhar não reconhece intimidades de antigamente. Meu corpo dói, tenso. Pede algum exercício. É cedo ainda, menos de sete horas, constato no relógio. Levanto e abro as janelas. O céu azul e o sol claro me chamam à vida, ao movimento. Silenciosamente, coloco um *short*, camiseta, tênis e saio para o sol. Caminho até um parque próximo, agradável com as primeiras sombras do dia... repleto de árvores, o lago e seus patos.

É manhã de Natal. A cidade começa a despertar, vou percebendo ao caminhar pelas ruas. Crianças de pijama, com o rosto borrado de sono, cabelos desgrenhados e olhos brilhantes de alegria, tentam o primeiro contato com brinquedos recém-descobertos sob a árvore de Natal. Uma ou outra família se preparando para viajar. Carros onde o espaço é ocupado por papéis coloridos embalando presentes e crianças cheias de brinquedos. Há alegria apenas nas ruas, continuo sombria. Apesar de permanecer a sensação de ser estranha na própria família, há uma clareza nova. É um sentimento definitivo: a certeza do não-amor mútuo. Com um imenso alívio descarto a culpa por não amá-los, por não insistir no afeto. Tentei encontrar, por 50 anos, o caminho do coração dos meus pais e não consegui avançar um centímetro sequer. Sempre um chão de gelo. Frio.

A melhor decisão é partir, romper definitivamente, cortar todos os laços. Livrar-se do peso desse falso afeto. Sentir, com todas as implicações disso, a solidão e a ausência da família. Esse sentimento; mistura de mágoa, dor, raiva e alívio, provoca uma contração do maxilar até doer. Sabor de injustiça, de não receber algo de direito: o amor. Ao mesmo tempo em que é dor, é raiva libertadora. É esta a fornecer o combustível para a ruptura se concretizar. Com essa energia irada, eu apresso o passo de volta para casa. Energia densa e pesada, mas cheia de movimento, de resolução. Decisão de chegar, arrumar as malas e partir. Ao transpor o portão encontro uma das crianças no jardim. Assim como as outras que eu havia visto, de pijama, com o rosto borrado de sono, cabelos desgrenhados e olhos brilhantes de alegria, após o primeiro contato com o brinquedo recém-descoberto sob a árvore de Natal. A inocência e a ternura dela ainda me sensibilizam, mas não o suficiente para me reter. É hora de ir embora, partir para sempre. Há um olhar de despedida nesse último relance pelas árvores do jardim, o velho *flamboyant*, o pinheiro da infância, crescendo imenso para o céu. A nostalgia permite o retorno de lembranças frente a essa paisagem. Flashes de noite escura, quando eu percebia as estrelas no céu pelos ramos desse pinheiro e imaginava-as descendo para decorar a árvore. Visão de um ninho com três ovos miúdos de um pássaro, descobertos na goiabeira, em uma tarde ensolarada de um verão antigo. Ou ainda, o desafio de pular da goiabeira para a ameixeira, pelos galhos mais altos e finos. Reminiscências a falar de um tempo escorrido, perdido na memória, em que o futuro ainda estava por se construir, a esperança e o devaneio, meu alimento. As árvores continuam as mesmas, talvez ainda seja possível encontrar um ninho de passarinho nelas, ainda se possa imaginar estrelas nas noites escuras pousando nos galhos do pinheiro, mas a esperança se foi. Não há nenhuma fantasia de futuro a ser construído. Não há mais futuro. Não nessa casa, nessa família! Meu olhar se despede das árvores e retorna à criança entretida com o brinquedo novo e sonhando com um tempo distante. Minhas mãos ainda se retêm em um carinho apressado, nos cabelos desgrenhados, no rosto borrado de sono da pequena sobrinha e, resoluta, entro em casa. Tempo para um banho, uma nova roupa e fechar as malas. Olho para os pacotes amarfanhados dos presentes. Não sei o que fazer com eles, não cabem na minha vida. Simbolizam o distanciamento, a ausência de cumplicidade; presentes inúteis. Preciso levá-los, admito, ainda sou polida demais. Malas organizadas, preparo-me para o ato final: o café da manhã!

Encontro a mesa posta, apenas os pais ao redor dela. Melhor, penso. Sento-me ao lado dos bules de leite e café, o panetone, as frutas, o queijo e a torta de amêndoas. Intocada, ainda. A minha última tentativa de pertencer a essa família. Proponho-me a parti-la, a dela me servir, a saborear o gosto doce e disfarçado da rejeição. O primeiro pedaço trava, embola na garganta. Tento sorver um gole de café com leite quente. Para empurrar a mágoa parada na garganta. Inútil. Não posso mais. Esse é o meu limite. Reprimo as lágrimas, consciente da minha impotência; é hora de partir. O último abraço. Olho para o rosto do meu pai e vejo um olhar vazio, como se a realidade não o interessasse mais, como se habitasse em um outro mundo. Abraço-o, sinto o calor do seu corpo através do tecido do pijama, sinto suas mãos me apertando no abraço da despedida, um sorriso triste e incapaz de preencher o oco de tantos anos.

Abraço minha mãe. Não consigo definir bem o brilho dos seus olhos, mas conheço a textura desse seu abraço. Um toque desconfortável, de braços atrofiados. Não me sinto abraçada e sim comprimida por um par de ossos. Uma sensação de resistência, de não-aconchego. É o anti-abraço, esse gesto de despedida áspero. A dureza de um par de ossos! A tradução do não-amar. Me livro dele, constrangida por não ter conseguido retribuí-lo, devolvê-lo como outro gesto. Arrisco um sorriso e deixo a sala. Pego as malas, coloco-as no carro e, mais uma vez, tento sorrir, aceno e parto. Não olho para trás. Essa não é a última imagem desejada. Prefiro as reminiscências ingênuas da infância; dói menos. Mas, mal viro a esquina, mal meus olhos abandonam a paisagem familiar, deixo toda a dor aflorar. Em lágrimas umedecendo meus olhos, na contração dos músculos da garganta. Deixo o pranto se esparramar. A mais intensa expressão do sofrimento nos últimos dias. Chorar e chorar... Testo-me a todo o momento e busco – de uma maneira insana –, mas não sei fazer de outra maneira; os afetos construídos e os checo exigente, cruel e implacavelmente implacável. Até chegar ao âmago dos vínculos. Vasculhá-los e entendê-los. Abandoná-los ou revitalizá-los. Faço opções a todo o momento. No fundo, ainda busco algum afeto a me sustentar, a me nutrir. Consolo-me e permito um alento à lembrança do encontro com Marília, o velho afeto, alma-gêmea! Da sensação de aconchego, envolvimento, cumplicidade e apoio. Sua energia me vitaliza, sempre foi assim.

Conheci-a, ainda adolescente, em uma viagem de ônibus de volta para casa. Sentei-me ao lado de uma moça de saia ampla, blusa e colete bordado com miçangas e espelhos, sandálias e bolsa de couro cru. Cabelos longos, penteados com fios e estreitas fitas coloridas trançados juntos. O resultado era alegre, exuberante. Na mão, um cigarro aceso. Tudo no seu porte denunciava a mulher livre, ousando desafiar a sociedade na sua maneira de vestir, na atitude de fumar em público. Virou-se para mim com um sorriso amplo e me perguntou qualquer coisa, talvez as horas ou a distância da viagem.

Foi o início da nossa conversa. Vivia em uma comunidade alternativa há quatro meses, aprendendo agricultura e artesanato; tentando viver do sustento permitido pela terra. Conheceu o projeto em uma viagem de férias e, algum tempo depois, voltou para ficar. Eu tinha curiosidade em conhecer aquele mundo alternativo e instigava-a a continuar. Tínhamos o mesmo nome, descobrimos e sorrimos da coincidência. Por curiosidade, indagamos o signo. Foi a vez dela arregalar os olhos e iluminar o sorriso de espanto: era o mesmo! Checamos outros dados e nos inteiramos da imensa e inusitada coincidência: nossos nomes e datas de nascimento eram os mesmos! A anterior se consolidava naquele veredicto cósmico: o mesmo nome e a mesma idade. Tornamo-nos próximas. Semanas mais tarde, em uma das viagens misteriosas de Ivan, fui revê-la e conhecer a comunidade. Depois, eu a hospedei em São Paulo algumas vezes. Mesmo convivendo em mundos tão diferentes – eu, urbana, no campus universitário; ela, alternativa, naturalista, em uma comunidade rural – nós tínhamos uma afinidade muito grande. Trocávamos experiências de vida e isso nos enriquecia e consolidava a amizade.

Foi assim sempre. Projetos de vida muito diferentes permeados pelo imenso afeto entre nós. Eu colocava a minha organização de vida para ajudá-la a viver entre trilhos; ela usava a sensibilidade, a poderosa força interior para me fazer perceber outros ângulos da vida. Almas-gêmeas! Vivíamos e explicitávamos o sentimento de completude. Marília teve uma vida muito mais ampla que a minha, experimentou muito mais. Rompeu com a família aos 18 anos e foi para a comunidade. Mais tarde, abandonou o sítio e voltou para São Paulo. Enquadrou-se. Começou a trabalhar, voltou a estudar, entrou para a universidade. Conheceu Francisco, casou-se com ele. Depois convenceu Francisco a trocar o urbano pelo campo e foi viver no sítio onde está até hoje. Tornou-se uma artista e uma mulher mística. Sempre experimentando, buscando o seu caminho. Ela foi mais ousada que eu, não vivenciou os meus medos, arriscou mais.

Desde o telefonema à Marília, há três dias, não consigo deixar de ter visões com ela. Há sempre uma aura escura entorno, uma energia negativa. Em todos esses anos de nossa amizade – e são 32 anos – esta é a pior de todas as situações; sua energia está mais baixa do que nunca. Nesse momento ela precisa de carinho, de colo e eu posso dar isso a ela. Jorge não foi muito hábil, deveria ter conduzido essa separação de uma maneira menos abrupta. Ter tido mais sensibilidade com os sentimentos dela. Afinal eles tiveram um casamento de 27 anos. Não se descartam 27 anos de convivência em um almoço banal, com apenas cinco frases...

Nestes dias, tentei conversar com Jorge, ouvi-lo em suas razões, entendê-lo. Não consegui. Ele não deixou nenhum sinal de onde possa estar. Venho até Marília sem ter nada de novo para dizer, sem ter a versão de Jorge. Só me resta ouvi-la, pacificá-la, ser presente. É essa a missão das amigas quando, na verdade, nada podem fazer. Chego à sua casa no começo da tarde. Tento ser pontual, até chegar antes, pois deixá-la esperando é impor algo insuportável nessa circunstância. Esta reação de Marília, mesmo lamentando, não me surpreende, não poderia ser diferente. Em toda sua vida ela hipertrofiou seu racional e apagou as emoções; desde o abandono de Ivan congelou o coração. Um dia, teria de se defrontar com isso, algo de uma intensidade incomensurável capaz de rachar o gelo que envolve, como uma casca, o seu coração. Se ela conseguir trabalhar bem essa crise, com certeza sairá muito melhor, sairá mais equilibrada – com emoção e razão convivendo – de uma maneira mais harmônica. Marília precisa valorizar menos o trabalho; ela já conseguiu tudo na carreira profissional, está no topo, não precisa mais de desafio algum. Ela substituiu o afeto pela carreira, usando-a como desculpa para não se envolver com as pessoas, com os sentimentos. Tem medo de amar de modo absoluto. Nunca se recuperou do desfecho do seu amor com Ivan. É verdade, foi muito trágico, muito doído. Sei o quanto a perda – a dupla perda – de Ivan foi insuportavelmente dolorosa.

Nem me perdi muito pelas ruas e esquinas desconhecidas dessa cidade. Vejo-a abandonada, mal cuidada, feia... como todas as cidades desse país. A cada dia, tenho mais certeza da insensibilidade estética dos prefeitos. O Brasil é repleto de cidades horrorosas! Aquelas agradáveis e bonitas o são por conta da natureza. Há um urbanismo tosco, grosseiro privilegiando o cimento e o asfalto, embrutecendo o caminho das pessoas. Não há árvores; não há sombras; não há parques; não há bancos onde as pessoas possam sentar. Não há jardins, não há flores a atrair pássaros, borboletas e agradar o olhar. Não há memória. Todo o passado, todo o patrimônio arquitetônico dessas cidades é demolido sem nenhum grito de indignação. Há uma imensa pobreza de espírito! Pessoas batizando suas lojas com nomes estrangeiros, atestando o colonialismo vigente 500 anos. Pobre país esse, onde as pessoas se envergonham e carregam o sonho frustrado de não terem nascido na América. Pobre país! Merecíamos um destino melhor. E nada indica – nos próximos tempos – que haja possibilidade de virarmos a mesa. Talvez nos percamos ainda mais, condenados a vagar em um mundo globalizado, nenhuma identidade, nenhuma riqueza, sem conseguir jamais dar o salto que faria a diferença: o de diminuir as desigualdades sociais. O passo a transformar nossa auto-estima de nação em ato de cidadania. Onde não precisássemos mais fazer letreiros em língua inglesa, porque sentiríamos a nossa língua expressar a nossa identidade.

Penso na minha geração. Que ambiguidade carregamos! Fomos uma geração revolucionária nos costumes. Diminuímos o tamanho e mudamos a estrutura das famílias, dos casamentos; instituímos o divórcio, incorporamos os anticoncepcionais, abrimos espaço para a independência da mulher. Foram as mulheres da minha geração a ingressar em massa no mercado de trabalho, a conquistar a independência financeira, a ganhar o respeito pela competência profissional. Nos dias de hoje é a minha geração a deter o poder no país. Na Presidência da República, no Congresso Nacional, nas Assembleias Legislativas, nas Prefeituras, na direção das grandes corporações, dos grandes jornais, nas redes de tevê. É a minha geração a pensar a estratégia de condução desse país – tanto no setor público, quanto no setor privado. Céus... e que geração conservadora e incompetente está a se sair! Acabou a garra, acabou a criatividade, acabou a ousadia; acabou o sonho! Estamos anestesiados, paralisados, sem conseguir propor uma alternativa a esse país que permita mudar o rumo da sua história atual. Envelhecemos da pior maneira possível: engessamos nossa criatividade, não conseguimos pensar, propor as soluções para os problemas. Deixamos uma herança cruel para nossos filhos. Deixamos a AIDS, a poluição ambiental, a violência urbana, a desigualdade social mais injusta do planeta. Carros demais e florestas de menos. Deixamos os avanços da tecnologia acessíveis apenas a uma minoria de privilegiados; deixamos a solidão do egoísmo. Quando a história se debruçar sobre a geração de 1968, no Brasil, deverá se surpreender com essa ambiguidade. A capacidade de deixar o grito parado no ar.

Marília abre a porta. Bela, elegante, com o porte determinado de sempre. Mas, ao se aproximar, posso apreender a tensão, a curvatura um pouco mais acentuada dos ombros, a expressão transfigurada pela tristeza, pela dor. Sua energia sumiu; a aura perdeu a luminosidade. Suas mãos se crispam na maçaneta da porta. Abraço-a, acolho-a. Deixo meu corpo aquecer o seu; sua cabeça se apoia no meu ombro, minhas mãos deslizam por seus cabelos, meus braços envolvem-na na ternura de quem percebe a dor do outro.

Nos reconhecemos pelo afeto, pela imensa ternura de estar perto uma da outra – solidárias como sempre, desde o dia da descoberta de nossa identidade cósmica. Essa estranha coincidência de termos o mesmo nome e nascido exatamente no mesmo dia do mesmo ano. Não poderia ser diferente...

— Precisamos de uma crise para nos encontrarmos em um dia de Natal! Apenas nós duas e uma tarde inteira. Há quanto tempo não fazemos isso, Marília?

– Há muito tempo. Passamos um único Natal juntas. Foi naquele ano conturbado, na casa dos meus pais.

— Isso! Foi quando deixei de viver na comunidade. Estava em São Paulo sozinha. Se você não tivesse me convidado, eu teria me isolado no apartamento, comendo pipoca, provavelmente.

– Para mim também era um momento complicado, lembra? Ivan tinha morrido naquele ano e eu estava muito desestruturada. As pessoas da minha família nunca souberam da minha história com ele; não havia clima para contar. Como hoje, eu só tinha vontade de chorar... E hoje nos encontramos aqui; sozinhas como se estivéssemos soltas no mundo. É essa a minha sensação! Marília, a sensação de não pertencer a lugar algum, a ninguém. Perdi todos os meus vínculos nesta semana. E os que não perdi... quero rompê-los por opção. Penso em não voltar mais para a empresa. Doze anos na mesma sala! Mas, conte-me sobre você, Francisco, as crianças...

— Francisco está bem. É um homem cada dia mais sereno. O trabalho conta muito para ele; sempre contou. A maturidade o tornou um companheiro especial e nosso casamento se torna melhor a cada dia. Hoje temos a sabedoria necessária para cuidar da nossa relação com carinho. É claro, atravessamos muitas crises. Houve momentos desesperadores, próximos da inviabilidade, mas sempre houve – e você sabe disso – um desejo partilhado de acertar. Céus! Deve doer muito me ouvir falar assim... Deve trazer toda sua angústia à tona.

— Não. Ao contrário! Enquanto você falava, eu percebi o quanto o meu casamento estava condenado. O elo a sustentar a minha vida com Jorge não foi o amor ou esse desejo de completude existente entre você e Francisco. Vocês sempre tiveram projetos comuns, desde o início. Acompanhei nesses anos essa história: a compra do apartamento, a educação das gêmeas, a mudança para o sítio. Claro, esta foi a decisão mais difícil, pois implicou em mudanças radicais no cotidiano e, se não houvesse sintonia total, se armaria um jogo de culpas e acusações. E vocês administraram isso muito bem, fizeram dessa experiência uma renovação de desejos e atitudes. Em especial para você, não é? Foi marcante a sua decisão de investir no próprio sonho e se transformar em uma artista, com reconhecimento internacional, inclusive.

— Existe muito da sua influência nessa transformação, Marília! Se não fosse você profissionalizar a minha exposição pública, eu nada seria nada além de uma tecelã doméstica. Foi você quem me abriu as portas do mundo da arte, do universo das galerias e exposições, dos clientes privilegiados. Devo minha carreira a você. Você vai gostar dessa novidade: vou fazer uma exposição individual na Alemanha, em Colônia, em setembro. Não é maravilhoso? É a minha primeira exposição individual fora do país!

— Fantástico! Eu sempre esperei por isso. Como aconteceu?

— Você se lembra daquele acidente com Anais? O pivô da tragédia foi Gustav, o pintor alemão. Não sei se você o conheceu naquela época. Ficamos próximos depois disso; ele visitou Anais algumas vezes no sítio. Conheceu os meus trabalhos e disse que acreditava na possibilidade de serem bem recebidos na Alemanha. Disse também que eu tenho cores fortes que refletem a luminosidade tropical e que os alemães gostam disso. Ele me pôs, então, em contato com o seu agente, que se entusiasmou e levou três peças para uma galeria. Foi o começo de uma parceria promissora. Tenho vendido lá e agora finalizo duas peças para uma seguradora em Berlim. Em janeiro, começo a preparar a exposição de Colônia. Para ser uma artista bem-sucedida é importante uma exposição de sucesso. Abrirá as portas de toda a Europa. E Londres, você vai mesmo para lá?

– Sim, embarco hoje à noite...

— Marília, pense na vida como ciclos individuais a terminar e recomeçar. Apenas o seu ciclo com Jorge acabou. Não foi a sua vida, Marília! Pense nisso.

– Não sei. As questões são mais complexas, sinto a ruptura muito mais profunda. Estou trincada. Há oito dias eu tinha a minha vida esquematizada como cláusulas claras de um contrato, no qual tudo estava previsto. E tudo se desorganiza agora! Não é uma desorganização administrativa, de contas, finanças, coisas concretas. É com a obsessão dos desesperados que eu digo a você: Marília: acabou! Todos os vínculos se romperam.

— Não, não é assim. Não é! A sua análise não tem o distanciamento necessário para ser real, é equivocada. Rompeu-se o vínculo com Jorge, só! Talvez tenha sido o mais forte, mas há outros. Reconheça. Você tem Santiago, tem seus amigos... você tem a mim! Você tem a sua família. De que matéria é feito o nosso afeto? Tudo se perdeu? Não, Marília, os afetos contam. Mais: há o seu trabalho, uma história profissional construída com sucesso. Você não pode reduzir isso a nada. Zerar sua vida como se 50 anos não tivessem valor? Desprezá-los como uma fruta espremida, cujo suco se perdeu? Você está sendo cruel consigo mesma. De uma crueldade inútil, estúpida!

– Quando eu estou dizendo sobre a complexidade dos meus sentimentos significa o movimento de um acerto total de contas com a minha vida. Essa não é só uma crise de abandono a ser superada com alguns dias de tristeza e um porre. Eu, para me manter viva, preciso me superar. Santiago conta, é claro. E muito! Você conta! Talvez mais dois ou três amigos importem... Mas não é suficiente. Não respalda nenhum projeto de vida. Para viver é preciso mais que um filho e um par de amigos!

— E o seu trabalho? Há algum projeto a lhe entusiasmar?

– Não. Nenhum projeto nem o meu próprio trabalho em si. As atividades entusiastas do passado hoje me parecem estúpidas.

— E um homem preencheria esse vazio? Jorge?

– Com Jorge não há mais volta, Marília. Nosso pacto não

... mais sentido hoje; quebrou-se definitivamente com a saída dele de casa. Outra relação masculina? Não. Não sou uma mulher capaz de amar. Amei Ivan e meu coração morreu com ele.

— Talvez você esteja certa. Talvez Londres seja o melhor lugar para você nesse momento. Você precisa de tempo. Lá você estará perto de Santiago. Terá o tempo e o afeto necessários para cuidar da sua ferida. Marília, você promete dar essa oportunidade a si mesma? Antes de decidir qualquer coisa, fique algum tempo perto de Santiago. Se dê essa chance.

– Não é uma questão de querer ou não. A razão não conta mais. E isso não é uma decisão minha! Apenas é assim, nada mais. Vou para Londres, vou ficar com Santiago, dar esse tempo... Fique tranquila!

— É terrível ter pressentimentos: vejo sua vida me escapar pelos dedos e não consigo segurá-la. Marília, abandone essa loucura! Seja lúcida, não se precipite. Deixe Santiago cuidar um pouco de você. Não se esconda! Chore no colo dele, permita-se ser frágil. Pare de querer todas as respostas nesse momento. Seja esse o seu presente de Natal: paciência. Não é o momento de fazer nada. Você vai direto para o aeroporto?

– Sim. Só o tempo de trocar essas roupas por outras mais quentes. Londres deve estar muito fria.

— Dará notícias?

– Todas.

O avião decolou quase vazio. Poucos aqui e tantos nas estradas, penso. Sei que estou indo ao encontro do meu filho e essa é uma sensação confortável e doce.

Ah, Santiago! Surgiu na minha vida de maneira descuidada, acontecendo simplesmente. Não havia pensado em ter filhos, ser mãe e me senti grávida já no primeiro instante, quando Jorge desfez o abraço e rolou para o lado, naquela noite de Ano Novo. Era meu aniversário de 25 anos! A idéia de estar engravidando naquela noite foi como um presente tardio de aniversário. A mim e a Jorge... Ele reagiu com pura alegria quando contei sobre as minhas intuições, minutos depois, num abraço; o desejo retornando ao mesmo tempo da primeira luz da manhã. Deixei me contagiar pela sua excitação, transformando as nossas carícias em um ritual de fecundidade. Tornamo-nos cúmplices de uma ideia secreta e isso deu encanto, vitalizou o nosso casamento. Apressávamos o desejo de estar juntos e, ao fim de cada momento de amor – e como nos amamos naquele verão –, ficávamos a acariciar a minha barriga, sabendo da matéria nova pulsando.

Pouco mais de duas semanas depois, o sentimento de possibilidade foi substituído pela ansiedade: a menstruação não aconteceu no dia previsto. E a quase-certeza tornava-nos nervosos. A consulta médica, o teste de laboratório, o envelope fechado, as mãos agitadas rasgando o papel, querendo saber.

Eu estava grávida! Fui agarrada, abraçada, festejada. Tive sentimentos fortes com os novos hormônios e isso mudou a expressão do meu rosto. Deu-me serenidade e beleza; senti-

[illegible] rosa. As semanas iam se passando [illegible] o [illegible] ventre denunciava a minha transformação [illegible] de andar pelas ruas à luz dourada da tarde [illegible] sentimentos. Às vezes eu sentia [illegible] tres enorme [illegible] Dividia esse [illegible] com Jorge [illegible] do processo, [illegible] mava. Estava grávida [illegible]

Re[illegible] perceb[illegible] Eu esta[illegible] com ele. [illegible] mento. C[illegible] amar! Amava o meu bebê e amava Jorge. Sim, era esse [illegible] do meu sentimento! Como fui estúpida não me permitindo ver. Encaixei Jorge dentro de uma forma, a de [illegible], relacionei-me com ele como mãe, sem permitir à mulher se aproximar do homem. E quando [illegible] a cumplicidade conquistada. [illegible] e afastei Jorge. Prematuramente retomei o trabalho, porque a alegria da maternidade – da mulher que amava e era amada – atemorizava-me. Assustava tanto a plenitude, apavorava tanto perder tudo e eu fui lentamente desmanchando o melhor pedaço da minha vida.

Como fiz isso muito bem... Agenda cheia, babás, relatórios para casa. Detalhes a me afastar da intimidade construída e vivida por um tempo tão curto. Por que Jorge não se indignou, não gritou, não lutou por mim? Por que me deixou fugir entre

Capítulo

[26 DE DEZEMBRO]

Dentro do avião, relógio marcando sei lá quantas horas, começa a agitação para um café da manhã sem horário, sem fome. Sinto-me como a última das criaturas, com um gosto amargo e sonolento na boca. Recuso acompanhamentos, mas sorvo o café. Quente e horrível como qualquer café de avião. Quero morrer para que eu não esteja mais à mercê de cafés estúpidos e abandonos. Estranho, eu nunca me senti como a vítima do abandono; sempre me sentia culpada. Como isso é cruel! Termino meu café e me enrolo de novo no cobertor, ficando nesse limbo sem saída, entre o sono e a vigília; às vezes sacudida pelas manobras do avião em aterrissagem.

Não sei se Santiago estará no aeroporto. É tão cedo... Limpo minha expectativa e continuo indo ao encontro do nada na fila de casacos pretos, do silêncio mal-humorado do saguão, do motorista de táxi, do porteiro do hotel. Minha angústia se expande; anseio por um quarto aquecido, um banho quente e uma cama de lençóis brancos. Anseio pela solidão. É o mesmo hotel das outras vezes, com seus quartos iguais,

...des forradas com lambris de madeira e papel com ...nhos em cor pastel; do carpete florido, da luz mortiça ...a janela. Na portaria, um recado de Santiago, avisando que chegará às 15 horas para o chá e que trará Susan consigo... Códigos ingleses de comportamento, constato. Ótimo! Penso comigo mesma, desfazendo-me do casaco e das luvas, acompanhando as sombras do quarto. Tenho algumas horas de silêncio e solidão pela frente. Espantada, percebo que o desejo de estar só é maior do que a saudade do meu filho. Os indícios desta cidade – com sua cor cinza e fria – aumentam a minha tristeza.

Preciso chegar! – reajo. Respiro fundo para me convencer que estou em Londres; saí do Brasil e da sua sequência de pesadelos que ficaram para trás. Tenho que começar a construir um presente, mesmo efêmero e limitado ao dia de hoje. Um dia acontecendo em seu real significado de existência e não como um grupo de horas iniciadas no aeroporto. Existir, ante a improbabilidade do êxtase, é a administração do cotidiano; é tornar as coisas básicas como desfazer a mala e tomar banho, um ritual. Se não de prazer, ao menos de não-infelicidade – advirto a mim mesma. A reconstrução da minha vida passa pela reconstrução de uma nova rotina. Em um ímpeto, abro a primeira mala, penduro casacos, blusas... ajeito os sapatos.

Muita ou pouca roupa? Para quantas semanas, meses? Respostas desconhecidas para um futuro que está em aberto. Por quanto tempo seria possível viver assim, sem ancorar em realidade alguma, apenas não-existindo? Apenas sendo uma hóspede anônima em um hotel em Londres. Percebo, pela primeira vez, a inutilidade dessa viagem. Pressinto que meu lugar não será em Londres. Gosto do sol, preciso do sol, Londres me rouba energia. Não e não - teimo comigo mesma.

— Resista, não desista tão fácil! É uma cidade linda, com um astral otimista, uma vida cultural intensa, um charme ímpar. Ainda mais com meu filho por perto. Sim, é possível se reconstruir em Londres, insisto.

E com esse fio de esperança, enfio-me embaixo das cobertas buscando a proteção de um lugar com limites bem definidos, como faz quem está à deriva e precisa tocar em contornos para poder se orientar. O espaço concreto da cama, as dobras dos lençóis me envolvendo dão essa sensação de continência, de ser mais do que um corpo em uma cama, de existir inteira. Preciso dessas âncoras para não me dissolver. Paro de respirar quase. Vou me aquietando, aquecendo e então, ouso me mexer um pouco, reconhecer as diferentes temperaturas. Estico lentamente uma perna, depois outra. Mapeando o frio, encolho-me de novo. Aos poucos, o leito se torna um território familiar. Solto um longo suspiro, relaxando, entregando-me finalmente a esse momento de paz. Os pensamentos vão e vem, sem se deter em nada. E desse nada surge o rosto de Lenira.

Lenira, 28 anos, miúda, cabelos lisos, curtos e escuros. Franja longa a esconder os olhos. O olhar brilhante e vivo, quando nos conhecemos, transformou-se numa mistura de raiva e resignação, em um brilho escuro, denso e quase impermeável tempos depois. Trabalhamos juntas por cerca de três anos. Ela começou na empresa como minha assistente; logo após o primeiro parto – quando experimentava os primeiros movimentos do amálgama de ser profissional, mãe e esposa. Papéis que as mulheres vão aprendendo depressa. Lenira falava baixo, tinha o riso fácil. Quando se concentrava, ficava alisando a franja metodicamente como se estivesse algum fio fora do lugar. Eu gostava de trabalhar com ela. Era competente, confiável. Era terna. Trazia de casa a ternura de seu bebê e nos distribuía esse afeto como se a maternidade aumentasse a sua tolerância e iluminasse a sua visão de mundo. Pouco antes do aniversário de dois anos da filha... as dores de cabeça começaram. Quando intensas, ela reclamava de uma pressão no lado esquerdo do cérebro. Mas não se detinha muito nisso; estava envolvida com a maternidade e com a fase ascendente da carreira, fase de reconhecimento profissional. Passaram-se algumas semanas, talvez meses, rápidos demais até o quadro se intensificar e se agravar. Lenira começou a reclamar de turvação visual, lapsos de memória. Até uma tarde, ao meu lado, em uma reunião tensa, foi vítima de uma crise de dor de cabeça aguda e insuportável. Saiu direto para o hospital e depois de alguns dias, o diagnóstico terrível. Uma mancha a ocupar um pedaço do cérebro. Tumor! Câncer expansivo. O prognóstico foi sombrio desde o início. Chance cirúrgica quase nenhuma, pelos efeitos adversos: paralisia, perda de funções cerebrais, vida vegetativa, talvez.

Lenira não quis correr os riscos. Fez radioterapia para diminuir o tumor, aliviar as dores e tentar viver da melhor maneira possível. Fiquei muito próxima a ela nesse período. Era a minha companheira de trabalho, com quem eu mais convivia. Como não me envolver? Discutimos a possibilidade de se afastar definitivamente das atividades, mas ela não concordou. Ficava pior em casa. Na empresa se sentia viva, dizia. Quis poupá-la, tirar dos seus ombros a responsabilidade dos projetos mais difíceis. Reagiu irritada. Manter sua rotina, percebi, proporcionava-lhe uma sensação de normalidade mesmo sem um fio de cabelo na cabeça; o sentimento de triunfar sobre a doença. O trabalho tornava-a igual aos outros: os saudáveis... Como se uma linha invisível, porém muito real, dividisse as pessoas entre doentes e saudáveis. Angustiada, eu convivia com a realidade de ter alguém com a vida por um fio e a existência sempre menor do que o dia anterior. Como se toda a energia fosse gasta para ficar no mesmo lugar e isso fosse um lucro imenso. Cada momento de Lenira – quando a dor de cabeça fosse suportável, a memória não falhasse, a pressão arterial ficasse estável – era uma vitória, um dia ganho da vida. Um presente.

Como não se afeiçoar a alguém assim? – perguntava. Como não querer cuidar dessa menina a se fragilizar a cada dia? Como não temer pelos riscos do cotidiano? Deixá-la partir a cada tarde era sempre agoniar-se por abandoná-la aos perigos do mundo; revê-la, a cada manhã, era aquecer o coração por saber sobre o ganho daquele tempo de vida.

Cada dia era uma dádiva! Foi essa noção de presente, o legado de Lenira. Viver cada dia como se fosse o único. Ela fez isso por quase nove meses. A cada manhã nos trazia a sua alegria ou desespero, mas era a sua vida a compartilhar com todos os seus matizes de luz e escuridão. Até tudo mudar. Até a espada de Dâmocles finalmente cravar-se na sua cabeça. Cravou-se na forma de uma convulsão, uma descarga elétrica anômala no cérebro, intensa e cruel, a retorcer os músculos, interromper a consciência, revirar seus olhos, relaxar seus esfíncteres, enrolar sua língua e fazer uma baba pegajosa e espumante escorrer pelo canto de sua boca, maculando o rosto transfigurado.

Uma descarga devastadora anunciando que o tempo de normalidade tinha se ido para sempre. O tumor, apesar da radioterapia, voltara a crescer nesses meses e agora comprimia estruturas vitais do seu cérebro. Viver, em sua expressão mais básica – dormir, respirar, falar, sentir fome, acordar, transpirar, urinar – tornou-se para aquele corpo uma aventura sem qualquer lógica. Não havia mais um comando íntegro coordenando essa vida. Tudo podia acontecer. O princípio da independência fora rompido. E, um momento de lucidez, Lenira percebeu isso. Percebeu e deixou de lutar, soube intrinsecamente da batalha perdida e se entregou à dor e à inconsciência. A morte seria uma questão de tempo... Foi doloroso ir percebendo a perda de dignidade de seu corpo: perda de peso, da cor, da graça do gesto, da energia... Precisava ser banhada, vestida, alimentada.

Por quê? – eu me perguntava. Esse tempo inútil de vida; a quem serve esse ritual degradante; por que tudo não se acaba antes? Não encontrava as respostas nem a esperança. A morte tem seu próprio tempo. Esse, apenas esse, é o mistério da vida, a grande questão nunca respondida.

Eu me lembro exatamente do momento no qual Lenira desistiu da vida, o segundo único, quando o brilho da esperança desapareceu do seu olhar. É esse o momento a captar e entender: a fração de segundos quando a revelação se deu.

Qual foi o parâmetro para Lenira saber o jogo perdido? Foi – como no texto sagrado – um anjo, a fazer a anunciação? Ou foi um processo consciente, indutivo, de avaliação de suas variáveis internas? Ou, ainda, algo mais primitivo, mais arquetípico, um saber intuitivo a dizer do momento final? Mais do que isso, quero saber qual é o meu próprio parâmetro. Nenhuma ansiedade agora, apenas a sensatez da maturidade para mexer no direito e no avesso da vida. Os precisos limites da existência. Obsessiva, procuro o exato contorno desse traçado. Nem um dia a mais, nem um momento a menos.

Conheci Francisco na Universidade. Não, não éramos colegas de turma nem mesmo de curso. Eu, no terceiro ano; ele, diplomado e empregado, mero visitante – a fazer pesquisas naquela sala imensa, silenciosa, abarrotada de livros e luz, filtrada pelos janelões e caindo oblíqua sobre a cabeça daquele homem desconhecido e concentrado, debruçado sobre livros abertos, espalhados na mesa. O contraste da luz sobre os cabelos fartos, a barba espessa em que a mão esquerda se enroscava me encantou. Parei para observá-lo com mais atenção. Meu olhar se deteve nos ombros largos, nos pelos do antebraço, escapando sob o tecido da camisa e lentamente contornaram a linha do pescoço, descobrindo a boca. Nesse momento ele levantou o rosto e me sorriu, talvez percebendo a minha admiração. Desconcertada, devolvi o sorriso e me afastei. Eu trabalhava durante o dia, estudava à noite e usava a sala, nas horas livres, para estudar. Normalmente escolhia cantos solitários, mas depois da descoberta daquele desconhecido tentei voltar ao mesmo ponto. Para minha alegria nos cruzamos duas ou três vezes e foi natural, uma tarde, sentarmos juntos. Mais tarde, o café na cantina e o início da conversa. Era agrônomo e trabalhava em uma empresa de fertilizantes químicos. Viera à biblioteca pesquisar os efeitos tóxicos de uma substância. A conversa derivou para o pessoal: falou-me sobre os pais vivendo em uma pequena cidade, a irmã fazendo faculdade, o apartamento dividido com um amigo. Falando, ia riscando um guardanapo de papel. A atração manifesta no primeiro dia se intensificou. Queria encompridar a conversa. Ele percebeu, deu corda. Fez um *haicai* no guardanapo e me entregou. *Haicais* têm a propriedade de ser enigmáticos na sua aparente simplicidade. Sem nada saber dos pequenos poemas japoneses, ousada, fiz outro e entreguei a ele. Leu, sorriu, tomou da pena e olhando para o horizonte, como a buscar inspiração, fez um verso. Riscou. Comentou, bem-humorado, estar eu a lhe roubar as palavras e, em um movimento brusco de quem finalmente teve a revelação, escreveu. Os temas, ingênuos, falavam de flores, do Sol, do amor... Despedimo-nos como se fôssemos nos encontrar amanhã.

Voltei para casa entusiasmada. Enfim, um homem interessante em São Paulo. Demorei a dormir; na cama, imaginei situações com ele: passeando de mãos dadas, sentada na biblioteca e ele ao meu lado, inventei mil diálogos. Os cinemas onde me levaria... sonhei mais, muito mais, detalhes esquecidos no tempo... No dia seguinte, desconcentrada, foi complicado trabalhar; o pensamento fixo no homem da mesa cheia de livros. Olhava o relógio e contava as horas. À noite, usei batom e trancei os cabelos em fita nova. Corri à sala, fiz hora na porta para disfarçar a ansiedade e olhei a mesa. Vazia! Tentando me acalmar, pus-me a pesquisar qualquer coisa e esperar. Uma hora e nada! Francisco não chegava. Começou a se formar uma bola no meu estômago. De frustração. Saí e fui para a sala de aula. Continuava desconcentrada, um buraco no peito, ardendo. No fim da aula voltei à biblioteca e a mesa continuava vazia. Sentei e esperei. Agora, com as mãos limpas, sem nenhum recurso a disfarçar a espera. Fiquei olhando o vazio das estantes cheias de livros mudos. Foi Camilo, confidente de todos os momentos, quem me arrastou para fora e introduziu a realidade.

— Francisco não veio e isso não quer dizer nada. Amanhã será outro dia.

Fiquei triste. Frustração, desencontro, não-encontro criaram um sintoma físico de dor e vazio. E foi outra longa noite. A mulher entusiasmada deu lugar à mulher murcha e arisca, mas ainda concentrada no homem de barba escura. Foi a esperança de um novo encontro, o meu último pensamento antes de dormir. E no dia seguinte, e no outro e no outro ainda... eu não vi Francisco. O tempo, manta diluidora, foi estendendo uma névoa, os dias se perseguindo iguais. Tentando reagir, estudei mais, saí com amigos. Ainda me lembrava dele como uma imagem borrada, revia os *haicais* já decorados e lamentava o fim abrupto. Chegaram as provas e, pressionada, estudava todo o tempo livre. Esqueci Francisco. Mas o coração pulou no peito quando eu o vi de novo, na mesma mesa, na mesma sala. Ele me sorriu como se tivéssemos nos despedido no dia anterior. Escaldada, fingi naturalidade, impedindo o vulcão vir à tona; contou-me do trabalho, da interrupção da pesquisa. Falou mais: havia pensado em mim; em seguida, convidou-me para sair. Eufórica, alcancei as nuvens. Mulheres executam um elaborado ritual antes de sair com um homem pela primeira vez. Fiz tudo isso e mais: teci mil expectativas... banhei-me, perfumei e maquiei com apuro; vesti-me com sofisticação. Fazia frio nessa noite de conversa interminável. Queríamos nos mostrar um ao outro, contar nossas histórias, descobrir nossas afinidades...

Tínhamos pouco tempo para estarmos juntos; o cotidiano pleno de atividades entre o trabalho e a faculdade era restritivo. Os fins de semana, porém, eram nossos: íamos ao cinema, andávamos pelas ruas descobrindo São Paulo. Descobrimos o Mercado Central e, muitas vezes íamos lá escolher ingredientes para nosso almoço. Camilo nos acompanhava nessas compras deslumbradas. Nessa época, o Brasil era um país fechado comercialmente e produtos importados eram raros. Ao nos depararmos com garrafas de azeite espanhol, postas de bacalhau português, presuntos bascos, frutas secas do Mediterrâneo, a nossa gula ancestral vinha à tona. Com isso organizávamos intermináveis almoços nas tardes de sábado. Apareciam os amigos e a conversa, regada pelo vinho, encompridava-se noite adentro. Tínhamos o mundo pela frente, cabiam todos os sonhos naquelas tardes. Francisco permanecia depois dos outros partirem. Então, nos amávamos. Amor sem pressa, escorrendo a noite em uma viagem de descobrimento. Foram tempos felizes aqueles.

À medida que nossa convivência foi se estreitando, íamos nos expondo e nosso lado escuro foi aparecendo. E a face sombria de Francisco começou a me incomodar – era autoritário, não sabia dividir. Resolvia as coisas sozinho; as boas e as ruins. A marginalidade na vida de Francisco eu conseguia aceitar. Reclamava, frustrava-me, mas os dias continuavam fluindo. Mas quando ele começou a decidir por mim, os problemas surgiram. Os meus desejos não contavam; desde as coisas banais: a escolha do prato em um restaurante ou o filme a ser visto até às coisas mais estruturais como o programa do fim de semana ou o destino do nosso salário. Quando Francisco achou natural opinar sobre o meu dinheiro, as coisas pioraram. E a guerra começou. Cada posição ganha de um e outro lado envolvia uma batalha, requeria lances de estratégia. Aquilo me desgastava; a relação, antes prazerosa, tornou-se tensa. E começou a se acabar. O amor não conseguiu impedir a hostilidade e acabou numa tarde de sábado quando, por uma discordância tola, a temperatura subiu. Magoado e irritado, Francisco saiu batendo a porta, me deixando tão magoada e irritada quanto ele. Chorei muito naquele fim de semana. Teria de conviver com aquela ruptura, compreendi resignada.

Retroceder seria concordar com os termos por ele impostos e isso era insuportável para mim. Antes, rompi com minha família porque era autoritária; mais tarde, abandonei a comunidade de Morro Azul pelo mesmo motivo. Romperia uma vez mais! Estava lutando por valores: a relação democrática, a liberdade, a independência, a tolerância, o respeito pelo desejo do outro. Conseguiria atravessar essa turbulência, consolava-me. Camilo cuidava de mim, ajudava-me a suportar os fins de semana vazios. Às vezes, a saudade era muito forte e eu tinha uma recaída. Ligava para ele. Encontros e desencontros. Então ele, irritado, deu um basta:

— Eu a amo, mas a nossa situação é insustentável. Eu não quero ficar com uma mulher imatura que não sabe se me ama ou não.

Foi horrível! A decisão de romper fugiu das minhas mãos, passou à esfera do outro. Eu havia ficado sem alternativas. No início, meu sentimento era de desforra, desisti. Deixei a solidão, as noites vazias, os domingos mornos me mostrarem o caminho. Percebia a necessidade de amadurecer, lidar de um jeito mais adulto com as nossas diferenças. Enquanto isso trabalhava, estudava. Comprei um pequeno tear nessa época, muito mais para preencher a solidão dos fins de semana do que por vislumbrar algum projeto alternativo; acreditava morar eternamente em São Paulo e me aposentar como funcionária de um banco. Reclusa, em uma fase intimista, fiava. Estava em uma fase de ficar comigo. Camilo, por outro lado, vivia em fase oposta: apaixonado e exuberante. No seu aniversário, Camilo decidiu fazer uma festa.

Francisco veio. Deliberadamente tinha evitado saber da sua presença, porém, inconscientemente, eu o esperava. Conversamos, dançamos, bebemos, rimos. Beijamo-nos e conforme a libido se intensificava, nossa disposição para o entendimento também. Abandonamos a festa e nos trancamos no meu quarto; saudosos e urgentes, nos amamos. Quando acordei, a casa estava escura e silenciosa; amanhecia e a primeira luz incidia sobre o rosto de Francisco dormindo. Amo esse homem, pensei. E dessa vez não vou deixá-lo partir.

Pouco antes das 17 horas estou vestida. Avisam-me pelo telefone que meu filho está subindo. Abro a porta e vejo o mesmo sorriso, o mesmo jeito de olhar, os mesmos trejeitos. Como é bom abraçá-lo! Enfio as mãos por dentro do seu paletó de lã e sinto seu calor a me aquecer. Encosto meu rosto no seu peito e acompanho a sua respiração, as batidas do seu coração. Absorvo um pouco dessa vida e depois de muitos dias consigo soltar o ar livremente. Precisava desse abraço! Feliz, afasto-me para vê-lo melhor. Mais bonito, mais maduro, mais inteiro. Sorrimos e nos abraçamos; nossas mãos se perdendo nos cabelos um do outro como se com esse gesto pudéssemos nos fundir e apagar a distância. Esquecemo-nos do mundo, somos mãe e filho em muda contemplação. Algum barulho lá fora, talvez a freada de um carro na chuva, interrompe o transe... Ele se afasta e me apresenta a namorada, Susan. Vinte anos, loura, cabelos curtos, olhos pequenos e azuis, traços ingleses no rosto anguloso. Nenhuma impressão à primeira vista. Nem favorável nem ao contrário. Confesso, preferia que não estivesse ali. Queria um momento a sós com ele. Teremos de ser banais e formais para incluí-la. Não era isso – penso, desesperada. Não quero falar da umidade do tempo com o meu filho. Quero apenas tocá-lo, niná-lo. Preciso de uma conversa sem palavras, preciso da energia dele. Preciso de Santiago de uma maneira integral, absoluta.

É uma mulher frustrada vestindo o casaco, as luvas e aceitando o convite do filho para sair, ir a uma casa de chá. É uma sala estreita, pouco iluminada, com cadeiras forradas em veludo azul-claro; prataria abundante nos bules e talheres, as xícaras em porcelana azul descansando na toalha creme. Contrastando com o mobiliário tradicional, as gravuras eram leves, borrões contemporâneos como se entre a louça e o quadro, a vida saltasse um século. Santiago, sentado naquela mesa, torna-se distraído, dividido entre a namorada e eu; equidistante sem querer preferir ou preterir uma à outra. Não olha nos olhos de nenhuma, se fitasse os meus teria visto o pedido mudo, registrado no brilho incandescente, para voltar, ao menos por algumas horas, a ser o meu menino. Aquele que sentava no meu colo e me pedia uma história. Há o desejo de contar a ele uma história especial enquanto afagasse seus cabelos... A história da princesa perdida no meio da floresta, de sua desolação ao anoitecer, do frio a gelar os ossos e das árvores se confundindo com fantasmas assustadores... Era uma história triste, eu sabia, mas ele saberia ser o caçador a resgatar a princesa às primeiras luzes do dia, alimentá-la, aquecê-la e levá-la de volta ao seu castelo.

Contudo, o olhar de meu filho continua vagando pelos ângulos das janelas e, brincando com a xícara de chá, sugere lugares onde eu deveria visitar e se poderia estar comigo ou não. De quando em quando, Susan detalhava alguma peculiaridade mais familiar a ela. Parecia à vontade naquela mesa de chá. Estranhamente, Santiago não me perguntava pelo pai, pelos planos da festa de fim de ano. Ele intuía ser tema proibido na tarde gelada. Dava-me sugestões como se eu fosse uma turista sem hora de partir, ávida pelas novidades da cidade.

Ele não percebia nada? – eu me perguntava. A angústia expressa no meu olhar, nas linhas presas do meu rosto era tão sutil assim?

Tentei me concentrar na conversa. Inútil, divagava a cada momento. Mirei o rosto do meu filho contra a luz da janela e tentei vê-lo adulto, homem pronto. Ele havia adquirido a maturidade dos seus quase 25 anos, certa sombra no olhar, o riso econômico na boca grande, bem delineada. Londres tinha emprestado uma gravidade a ele, isso eu podia perceber. A alegria espontânea da adolescência tinha se esvaído com as roupas esquisitas e os tênis desbotados e disformes. Santiago tinha um ar sério, sem ser triste; ar de quem tinha encontrado seu eixo. A companhia de Susan contribuía para essa gravidade da postura, suponho. Ele me contou das suas pesquisas, do trabalho e das possibilidades de futuro. Otimista, construía cuidadosamente sua carreira. Como se temendo o silêncio, entrou a falar novamente da vida cultural de Londres, das peças de teatro, dos shows, dos restaurantes da moda.

Enquanto a conversa se contorcia, ora em movimento, ora em espasmos nervosos, fui me percebendo não como a mãe de Santiago, mas como uma visita. Querida e especial, mas visita. Eu estava fora do seu cotidiano. Poderíamos compartilhar alguns momentos, mas ele, inconscientemente, estava me mostrando ter sua própria vida organizada longe de mim. Minha maternidade tinha acabado, eu poderia até caber em uma moldura de luxo, em algum espaço periférico. Com isso eu poderia contar: um espaço sofisticado, porém periférico.

Sabia disso, tinha vivido situações como essa algumas vezes mas hoje o desejo era outro: carregava a expectativa de resgatar algum fiapo da maternidade, algum elo a me prender à vida. Sonhei demais, constatei, sentindo o gelo voltar à alma. Inteiro, imobilizante.

Alegando cansaço, recusei jantar na companhia deles. Susan me transmitiu o convite de seus pais para outro jantar, amanhã. Aceitei e nos despedimos. Aquela formalidade não era confortável para nenhum de nós. Queria ficar sozinha, queria o quarto escuro, silencioso e aquecido. Queria a cama. Queria o nada, a dissolução total de todos os vínculos. Até o vínculo com Santiago era sufocante agora.

Por volta das 17 horas a chuva parou. Algumas horas foram suficientes para quebrar a frente de ar seco e nos envolver em uma camada úmida e pegajosa a grudar no corpo indefinidamente. O Sol, em linha de queda, buscava seu caminho para se ocultar da noite, sem contudo perder nada do seu brilho. Para mim, os dias após o *Solstício de Verão*, marcavam o início de um novo tempo, o do declínio do domínio do Astro-rei. Era um tempo de aprofundar o crescimento interior. Essa hora do dia me era sagrada, levava-me à contemplação, a um momento de meditação. Colocava os olhos no horizonte e ficava absorvendo a luz, a energia, a mente em branco, apenas respirando. Isso me revigorava, estimulava minha criatividade e eu conseguia trabalhar melhor nas primeiras horas da noite, com o silêncio e a brisa fresca, soprando do leste.

Meditava concentrada nos raios de Sol e não percebi Ana Rita, minha vizinha, aproximando-se. Era uma mulher singular. Nascera e vivera os seus 60 anos na mesma casa. Adquirira aos meus olhos a solidez de raiz, de árvore plantada e firme naquele chão. Filha de uma parteira, a oitava entre os 12 irmãos, nasceu pelas mãos da própria mãe. Foi durante a Segunda Guerra Mundial, mas nunca soube disso. As notícias, naquele tempo, chegavam atrasadas pelos caminhos das mulas e dos pés descalços. Ana Rita teve uma infância de isolamento no sertão, aonde só se ia à cidade para comprar sal, fumo e querosene para as lamparinas. Com isso, acumulou um saber primitivo peculiar. Estudou pouco – só três anos do curso primário – mas não era uma mulher tosca, era sábia. À exceção de trazer crianças ao mundo, aprendeu tudo com a mãe. Dominava a habilidade de fiar e da cestaria. Sabia cozinhar raridades: bolos de inhame e taioba, pudim de cará; com ela eu aprendi a fazer os doces brasileiros em compota – mamão-verde, abóbora, laranja-azeda, cidra, batata-doce, arroz-doce e canjica.

Foi na sua casa, muitos anos atrás, onde comi carne de caça pela primeira vez. Animais selvagens os quais, de quando em quando, o pessoal da roça caça para ter um pouco da alegria de comer carne – dizia. Tinha um fogão a lenha em um canto da cozinha com um fumeiro pendurado.

Lá ficavam as mantas de veados, pedaços de capivaras, pernil de pacas. Lagartos e tatus. Antas. Uma vez me ofereceu carne de onça, estampando um grande orgulho pela bravura de sua gente. Na minha adolescência, sua casa me parecia meio mágica. Ela era a conhecedora de segredos primitivos a me oferecer comidas exóticas e viver como se ali fosse o portal da floresta por mim descortinada ao fundo, cujos mistérios só ela sabia desvendar. Sempre foi uma bela mulher. Alta, ombros largos e retos, porte altivo. Tinha traços de alguma princesa negra. Cabelos curtos, encaracolados miudinho e pele morena. Contrastando, no rosto, brilhavam olhos verdes imensos. Seu ar aristocrático continuava nos gestos simples e espontâneos. Vinha daí a sua harmonia, a sua atração.

Fiquei muito tempo sem vê-la – desde a adolescência até a minha volta para cá, como mãe de duas filhas gêmeas. Foi a primeira pessoa com quem estabeleci um contato. Tínhamos uma diferença cultural enorme. Isso, longe de nos separar, criava entre nós um canal de troca de experiências, de enriquecimento. Gostava muito de estar com ela nos fins de tarde, quando o Sol diminuía sua luz e podíamos interromper o trabalho diário para uma conversa. Sua habilidade em tecer cestos foi o meu primeiro interesse, pois eu começava a trabalhar nos teares. Havia muita semelhança e um mundo de diferenças! Como eu, cortando as plantas contendo pigmentos corantes respeitando as fases da Lua – ela cortava a taquara na lua nova para depois desfiá-la na crescente. A urdidura e a trama dos nossos trabalhos eram as mesmas. Mas nossas semelhanças paravam aí. Ana Rita nuca foi ousada, nunca quis experimentar novas possibilidades de sua técnica. Limitou-se a reproduzir os conhecimentos aprendidos com a mãe. Eu, ao contrário, buscava na criatividade a minha afirmação de um novo caminho. Era incansável a experimentar pigmentos, cores, texturas. A princípio só a criação me interessava, mas pouco a pouco, Marília foi me convencendo a criar produtos com espaço viável no mercado: tapetes, toalhas, mantas, panôs.

Toda obra precisa ser um produto. "Tem de ser encaixada na vida da pessoa, para ser desejada", me dizia Marília. Produza peças que as pessoas desejem: para ter, para olhar, para usar. Então, elas compram, aconselhava-me, quando nos encontrávamos no ateliê. Depois, abriu portas desse mercado e me possibilitou andar por ele. Nunca consegui com Ana Rita o convencimento que Marília conseguiu comigo. Ana Rita, dona de casa e mãe de família – esse era seu ofício. Seus cestos eram apenas diversão, passatempo.

Houve um tempo que acreditei ser possível ela trabalhar comigo nos teares. Veio duas ou três vezes e depois desistiu. Alegou inúmeras razões: doíam-lhe as costas, não enxergava direito, a vista se embaralhava, o trabalho da casa não permitia. Discutia isso com Francisco, não entendia suas razões. Ele compreendia melhor o universo, a lógica da mente de quem nasceu e viveu 60 anos isolada no meio de plantas, animais e poucas pessoas, à margem da evolução tecnológica. Ele me dizia:

— Ana Rita não vê desafio em se tornar um tecelã de teares. A habilidade de cestaria lhe basta. Uma nova atividade significa apenas mais trabalho, mais dispêndio de energia, um novo cansaço.

Eu não me conformava ao ver tanto talento se perder em um conformismo prosaico. Tentei, várias vezes, em várias formas de sedução. Uma vez a presenteei, no seu aniversário, com uma colcha tecida por mim. Ela achou "linda demais" para por na cama e guardou-a no seu baú. Nunca mais a vi e foi frustrante. Em outra vez, talvez esquecida do episódio, dei a ela uma manta de bebê para o neto a nascer. Mostrei-lhe novamente as possibilidades da tecelagem, acreditando convencê-la na sua sensibilidade de avó. Qual o quê! Fez ouvidos poucos e moucos, e nossa amizade prosseguiu incólume. Acabei aceitando tê-la apenas como contadora de "histórias do tempo dos antigos", a ser minha companheira para uma xícara de chá nos fins de tarde e mais nada. Nossa amizade não tinha a proximidade nem a cumplicidade das confidências. Jamais ouvi dela qualquer comentário mais pessoal nem sentia espaço para os meus. Éramos vizinhas a nos admirar uma a outra e desfrutarmos com grande prazer a nossa companhia.

Agora, eu a via pela janela do ateliê com o sorriso farto iluminando o rosto sulcado de rugas e seu cabelo encarapinhado se embranquecendo. Sentamos nas cadeiras da varanda, olhando a luz do Sol ir diminuindo, enquanto aguardávamos ferver a água do nosso chá. Ela me contou da reunião de Natal. Dos filhos e netos. Eu falei sobre o telefonema de Anais e da nossa celebração do *Solstício* e da noite de Natal. Dentro da sua cultura primitiva, ela tinha uma celebração para o *Solstício*. Vinha da sua relação com o calendário da natureza. Falava dele como o "dia mais longo do ano" e me contava de algumas coisas da sua infância, desse dia – o banho de rio ao entardecer, as sementes de girassol, guardadas até o outro ano, para dar sorte. Eu ficava encantava com tais histórias. Eu me perguntava como nós duas, por caminhos tão diferentes, estamos tão próximas? Mostrei-lhe as modificações no desenho da minha peça, as novas cores usadas. Ana Rita nunca dava palpites no meu trabalho. Limitava-se a concordar. Não tecia mais, não enxergava mais com precisão. Mais que isso, o desmatamento tinha levado suas taquaras para lugares intransponíveis e ela me dizia que não valia mais a pena andar tanto para buscar as varas. Lamentava nenhum dos filhos ter querido aprender seu ofício, condenado a se perder com ela. Lamento ao qual eu me solidarizava e me sentia impotente. Nenhum dos meus filhos tinha o menor interesse pelo manuseio dos meus teares. Era um saber individual a se perder quando meus olhos também não pudessem mais.

Foi bom rever Santiago. Foi o melhor momento dos últimos dias, concluía, de volta ao quarto de hotel, desvestindo novamente casaco e luvas, vestido, meias e sapatos e me envolvendo em um robe pesado, quente, enroscando-me na poltrona, enroscada em mim mesma, em posição fetal, teimosamente tentando nascer de novo. Doloroso trabalho de parto! Cada avanço, cada centímetro conquistado era cercado de muitos espasmos, muitos recuos, muito medo, muita vontade de desistir, de não tentar mais. Pensar, avaliar cada fio de vida a ser conduzido, optar sempre. Penso que dormi, enrodilhada naquela poltrona. Acordei com uma batida na porta, com um sussurro, um chamado, um "mãe".

Surpreendo-me, ainda sonolenta, desorientada, abrindo a porta do quarto para Santiago entrar. Voltou sozinho. Intuitivamente, ele tinha captado a conversa oculta à tarde e tinha retornado. Assumido a condição de ser apenas meu filho. Abraçou-me silencioso, acariciou meu rosto e me puxando pela mão, ajeitou-se na cama. Pôs a cabeça no meu colo e começou a falar. Falar em português, como se essa fosse a língua do afeto materno. Falava e falava. Contava-me sua vida, detalhes de coisas pensadas, sentidas, vividas na sua longa solidão londrina. Era o filho exilado de sua cultura, dos seus afetos a buscar uma referência. Santiago só falava, precisava disso. Espanto meu: fui me sentindo sonolenta, desinteressada como se nada mais do seu universo me dissesse respeito. A situação se invertera. Não queria mais ser mãe dele, não queria mais ter o papel de ser a referência para ele. Não queria mais orientá-lo, ouvi-lo. Não queria mais ser mãe. Fiquei em pânico!

Finalmente, pareceu me perceber. Perguntou porque havia chegado sozinha, perguntou pelo pai. Respirei fundo. O momento havia chegado, era hora de lhe contar a minha história. Não sabia como começar. Segurei sua mão, afaguei sua cabeça no meu colo e fiquei alisando seus cabelos por um tempo eterno, para enfim dizer:

— Seu pai não virá. Ele deixou nossa casa há uma semana para recomeçar a vida ao lado de outra mulher; apaixonou-se por ela. Eu não sabia de nada até ele me contar.

Santiago se espantou. Não esperava por uma notícia como esta. Preencheu-me com perguntas e eu não pude lhe dar as respostas. Eu via o seu rosto se transmutar em muitas faces enquanto nos falávamos. Por fim, com uma resignação cerebral - na qual o coração não participa - me abraçou forte, expressando a generosidade muda da sua presença.

Nada mais ele podia fazer.

É tarde da noite e eu ainda estou no ateliê, imóvel, com os olhos no nada. Fito a imensidão, céu escuro sem estrelas e divago com a espiral da fumaça do cigarro. Estou angustiada. Vou fazer 50 anos dentro de cinco dias e estou em crise de criatividade; meus últimos trabalhos foram ruins e o horizonte à frente é uma série infindável de dias a se arrastar, a se desmancharem na urdidura da vida. Fogo morto. Sol após Sol, acompanhar os filhos a crescer, a sair de casa. Envelhecer ao lado de Francisco.

É apenas isso? Toco meu rosto e a textura áspera da pele confirma os anos. Não, não lamento; cada minuto da minha vida foi intenso, vivido com gosto. Mas isso é passado. E agora? Apenas dias iguais em uma paisagem igual, cercada de pessoas iguais. Sinto-me sufocada como se o tempo estivesse escorrendo pelas minhas mãos e eu não conseguisse mais detê-lo. Inexoravelmente, caminho para um abismo amorfo. Não consigo ter um projeto novo nem pretendo me acomodar em uma rotina morna e obcecada pela perfeição; as possibilidades de criação sufocadas pelo tédio. Sem criatividade eu sou uma pessoa morta. Produzo peças medíocres e fico insatisfeita por saber da minha possibilidade de produzir melhor. Estou assim: insatisfeita, entediada, preocupada. Pela manhã, mudei as cores da peça montada no tear e, ao fim do dia, as novas cores também não me agradaram. E amanhã será outro dia de desmanchar e refazer, na busca do momento mágico no qual a arte ocupe o lugar da técnica.

Não estou evoluindo, essa é a verdade. Meu trabalho estagnou-se. Continuei vendendo porque tenho nome no mercado e muitos dos meus clientes não têm ideia de como avaliar a peça desejada, nem sensibilidade para entender minha obra como expressão de arte. São empresários embrutecidos pela modernidade do capital e lhes basta saber do investimento numa obra de arte assinada e catalogada. Mesmo estagnada, mesmo repetindo velhas técnicas e motivos nas minhas peças, eu sobreviveria. Mas perderia o respeito para comigo mesma, perderia a minha alma. E isso é como morrer!

Aspiro o último trago da fumaça e apago o cigarro. Presto atenção nos barulhos da noite, meus ouvidos habituados a essa conversa do silêncio, quando estalos de galhos, coaxar de sapos, pios de corujas e de algum outro pássaro noturno, coexistem numa harmonia anárquica. Não tenho medo, aprendi durante esses anos a conviver com eles. Só uma vez fiquei apreensiva – estava só com os dois meninos, ainda muito pequenos. Era uma noite de inverno e estávamos na minha cama, com um livro de histórias, aproveitando o calor dos corpos juntos, embaixo do cobertor. Ouvi uivos de lobo. Embora nunca houvesse qualquer referência a lobos na área e nunca tivesse ouvido um lobo uivar, naquele instante tive certeza que eram lobos. E, pior, uivando perto de casa! E os meninos também ouviram. Fiquei aterrorizada. Lobos são sempre lobos-maus no meu inconsciente, representam perigo, vulnerabilidade, amedrontam. Quão difícil foi tranquilizar as crianças quando eu mesma estava aterrorizada! Ah, eu não quero ficar vivendo de lembranças! Quero ter planos, preciso recobrar a capacidade de sonhar e de criar.

Como um *flash*, surge uma idéia: vejo cores e paisagem; os pessegueiros floridos cobertos pela geada. Impactante! Foi a emoção mais intensa dos últimos tempos, é inevitável o desejo de expressá-la. Transpor esse sentimento para o tear, viabilizar, na minha linguagem, a beleza e a tragédia, a tristeza e a dor, o cinza e o frio daquela manhã. Agora achei meu caminho: esse vai ser o tema da exposição de Colônia, peças inspiradas naquele dia.

Com o processo em ebulição, minha mente se torna um repertório de possibilidades. Sinto pela respiração ofegante, o disparo do coração, o leve tremor nas mãos minha adrenalina em pico de ascensão. Corro de volta à casa, atrás das fotos daquele dia e vou para a mesa de trabalho, acendo a luz e começo a olhá-las. Sob vários ângulos, sob diferentes tons de luz. O projeto vai nascendo à minha frente. Pego lápis e sobre o papel traço as primeiras linhas. Primeiro desenhos mais amplos, paisagens tal como eu as via naquela manhã: prateadas, apenas as silhuetas de contornos borrados. Com o olhar, vou chegando mais perto e agora saem alguns esboços de árvores solitárias com os galhos arqueados sob o peso do gelo. Detalhes desses galhos para, mais tarde, detalhar as próprias flores congeladas. Cada pistilo com uma gota de gelo. Como retornam nítidas as imagens: os pequenos frutos cobertos por uma crosta de gelo e os seus contornos faiscando ao Sol.

Pego a aquarela e outro cigarro e começo a testar as cores. O tempo não existe, nada me importa. Misturo verdes, marrons, preto, cinzas e rosas. Experimento – posso inovar na textura, ir além da lã de carneiro e acrescentar alguma fibra vegetal. Talvez do próprio pessegueiro. Tenho dezenas de esboços à minha frente agora. Alguns coloridos, outros só grafite no papel. Reforço contornos e analiso novamente, quase febril. Preciso de um esforço de disciplina muito grande para não pular etapas, para ainda insistir em novos desenhos quando a minha ansiedade é ter a peça pronta nas mãos. Anos de trabalho me ensinaram a controlar essa ansiedade criativa e me aprofundar mais. Buscar mais, ousar mais...

Vem outra idéia. Os desenhos anteriores são quase monocromáticos, em tom pastel, de tonalidades leves: tudo diluído pela camada de gelo a envolver a paisagem. Mas havia contrastes naquela manhã. Havia o azul do céu. Intenso, profundo. Havia a montanha como moldura, coberta de floresta natural. Mata Atlântica verde, resistente à geada, a cor quase doendo. Esse é um novo caminho: trabalhar contrastes. Volto para a mesa e de novo, o mesmo processo de transportar da retina para o papel as cenas geladas. Um sem número de folhas, de paisagens, de contornos. É mais complicado trabalhar com contrastes. São três perspectivas entrelaçadas: as cores intensas, o pastel e a inter-relação entre eles. Exige um esforço extra e me sinto exausta. Massageando os músculos tensos do pescoço, olho pela janela e vejo os primeiros raios do novo dia. Só mais um pouco, digo a mim mesma, acendendo outro cigarro e voltando a me concentrar, esquecendo-me do tempo. Só retorno à realidade quando, dia claro, vejo Francisco à minha frente com uma caneca de café fumegante. Ele sabia, ao ver a desordem dos papéis esparramados, o cinzeiro cheio de pontas, meu cabelo desgrenhado e o meu ar de cansaço, da fecundidade da minha noite. Árdua, mas belíssima.

Capítulo 6

[27 DE DEZEMBRO]

Santiago ficou muito tempo comigo. A cada palavra, a cada toque seu, eu resgatava um fiapo da esperança. Depois, a memória do seu abraço apaziguou meu sono sem sonhos e ainda me envolve atiçando a lembrança de um domingo no zoológico, Santiago criança, talvez com cinco anos. Encantamo-nos com o bicho-preguiça – mãe e filhote acomodado dentro da bolsa. Os bebês dessa espécie nascem imaturos e completam seu desenvolvimento em uma bolsa colada à barriga materna. Os jornais do Brasil noticiaram, algum tempo atrás, o achado de um bebê preguiça dentro da bolsa da mãe, já morta, em uma trilha da floresta amazônica. Foi resgatado e deram a ele um urso de pelúcia, à guisa de mãe, para se agarrar. Será meu filho esse urso de pelúcia a quem eu possa me agarrar? Até onde a energia dele poderá me manter viva? Vida! Farei 50 anos em quatro dias... Olho para trás e a angústia aumenta.

Tudo foi um grande equívoco? Meus 50 anos desperdiçados? Com esforço, usando todo o meu bom senso, digo a mim mesma que isso não é importante, que estou aqui para recomeçar, para fazer com que os próximos 50 anos não sejam equivocados, nem desperdiçados. Tenho a experiência para me ensinar, tenho todos os meus erros como farol e mais – tenho todo o abandono do mundo.

Ainda faz muito frio quando saio do hotel, mas não chove mais. Dispenso o táxi e caminho por ruas ainda sonolentas. Ninguém na cidade, como se o mundo parasse: cessam os negócios, somem os carros e as pessoas desaparecem. Andei e andei, insistindo em ignorar o ar gelado e a umidade. Por teimosia, testava a minha resistência em perambular por lojas, provando roupas. O recomeço sendo palmilhado passo a passo e isso significava não aceitar qualquer vestido branco, o meu presente de aniversário. Procuraria até encontrar algo especial com a propriedade de, primeiro concentrar em si e depois, irradiar energia. Depois de andar muito, com os pés a congelar, encontrei, em uma travessa da Farringdon Road, uma lojinha de porta estreita, meio escura. Entrei, talvez porque o vento fosse insuportável desde a dobra da esquina e buscava mais um refúgio aquecido que uma roupa bonita. Demorei alguns segundos parada, anestesiada pela baixa temperatura, até conseguir perceber a menina de roupa preta e cabelo cor de cenoura vindo ao meu encontro. Talvez eu fosse a sua primeira cliente ou ela estivesse se sentindo entediada, pois o seu sorriso e gestos me diziam estar sendo bem-vinda e que ela dispunha de todo o tempo para me ajudar a encontrar uma roupa especial para o Ano-Novo. E parecia saber exatamente dos meus desejos: trouxe-me montanhas de vestidos – roxo, em veludo;

vermelho, em cetim; turquesa, em seda; outro negro, em seda também, e outro e outro, amarelo, cinza, vermelho, laranja... Até quando, ao mirar uma peça branca, soube ter encontrado. Seda branca macia; longo e liso, sem nenhum adorno; finas alças se cruzando num desenho do decote nas costas. Nada de excessos. Minimalista. Quando o vesti apenas confirmou a impressão do primeiro olhar: valorizava meus ombros retos, modelava meus seios pequenos e minha cintura fina. Elegante e refinado. Poderia usá-lo com o colar de brilhantes, talvez uma gota de rubi. Uma jóia a lhe emprestar luminosidade; um brilho iluminando a minha alma assustada.

Feliz, saí da loja e me percebi morrendo de fome; era a vida voltando. Foi em um pequeno *pub* com os pés e alma aquecidos que me permiti pensar em Jorge. Tinha trancado o pensamento e o coração à lembrança dele nesses dias. Talvez agora, distanciada da geografia comum, amparada pelo afeto de Santiago e valorizada pela roupa dobrada na sacola, na cadeira ao lado, eu possa fazê-lo.

Poderíamos eu e ele nos reconciliar? Ouço meu coração a me dizer ser essa a única atitude capaz de aplacar a minha angústia. O que são esses dias de peregrinação desnorteada senão pálidas tentativas disso? Onde andará Jorge? Não respondeu à mensagem gravada na caixa postal, não fez contato com Santiago. Jorge com outra mulher... ainda me provoca espanto e dor, ainda sangra a ferida aberta a golpe pela indiferença masculina. Em alguns momentos, acho-me sem direitos de me sentir ultrajada; houve Pedro Henrique. O sentimento dele por essa moça é da mesma natureza àquele que eu nutri por Pedro Henrique? Não, não pode ser. Pedro Henrique foi para mim uma brincadeira, um golpe de luz, algo habitando só a minha superfície. Por isso eu não me sentia traindo Jorge. Eram sentimentos diferentes dedicados a cada um. Não. O envolvimento de Jorge por essa garota é de outra magnitude, mais profundo. Foi essa a emoção a legitimar o recomeço. Por que a traição de Jorge me doeu tanto? Será a traição ou o será o abandono, o punhal a lancinar cada movimento da minha respiração? Toco-me e minhas mãos se enchem de sangue. Tenho um arrepio e por segundos, deixo a vida se perder, o sangue escorrer pela ferida aberta em meu peito. Talvez fosse assim morrer: um fio de sangue escapando com a vida...

Recuo apavorada, abro os olhos enquanto um último calafrio me diz do pesadelo a ser controlado. Respiro fundo e tento me focar no presente. Jorge voltando...

E se ele voltasse? É essa a ideia a reverberar se deixo espaço. E se ele voltasse para sempre? – pergunto-me. Voltaria sozinho ou voltaria com ela, em um triângulo confuso e culposo? Não, ele não voltará. Nenhum sinal a indicar arrependimento ou pistas, sinalizando o novo momento, nenhuma demonstração de angústia ou compaixão. Até compreendo o seu silêncio para comigo, incompreensível é o silêncio para com o filho. Essa menina ama Jorge? Ou será mais uma garota à procura de um pai? Qual seria a sua história de vida, de onde ela veio? É refinada ou é só uma pobre garota amorfa e bela, pronta para tomar forma e molde sob os desejos e sonhos de Jorge?

Será ele o Criador e ela a Criatura? Não tenho essas respostas. O amor entre pessoas de duas gerações, acredito, tende a ser desequilibrado – as culturas são diferentes, as vivências não são contemporâneas, não há história, nem valores, nem lembranças comuns. O entendimento do outro é mais difícil. O desejo é a matéria-prima dessas relações; os papéis de proteção e de protegido, o cimento a colar tudo isso...

À parte, meu destino segue seu rumo e a pergunta a ser feita nesse instante é se Londres é o meu destino. Essa dúvida ocupa todos os meus espaços enquanto sorvo a xícara de café, pago a conta e saio para a rua.

Acordei no meio da manhã com o Sol tentando, através das frestas da veneziana, violar a intimidade do meu quarto. Estava quente e eu permaneci entre o sono e a vigília, percebendo as réstias entrando pelos fulcros da madeira. O ritual do acordar para mim era sempre lento, passava pelo reconhecimento da luz, pela percepção de barulhos familiares: o canto dos passarinhos, das cigarras, o farfalhar do vento, ruídos de passos, eletrodomésticos em ação. Havia uma harmonia, uma sinfonia matinal na qual o silêncio era sempre o primeiro violino. Acendi um cigarro, ainda na cama e continuava com a mente vazia despertando lentamente. Mas, hoje meu dia começava fora dos rituais: manhã alta, a luz entrando e, percebi pelo silêncio, estar sozinha na casa. Lembrei da fúria da noite anterior, dos desenhos rabiscados e a alegria daquelas horas retornou plena. Iniciava um grande trabalho e intuía chegar a um belo resultado. Em um flash vi as peças expostas na galeria de Colônia. Estava feliz e, paradoxalmente, não me sentia ansiosa para começá-lo, entretanto eu sabia: nada seria sereno. Logo mais vou me debruçar sobre aqueles desenhos até terem evoluído para um gráfico. Mas isso será logo mais. Agora quero usufruir o conforto da cama, da maciez dos travesseiros, do prazer de fumar.

Meu pensamento, solto ao léu, vagueia por manhãs de verão ensolaradas do passado e vai se deter naquela, há mais de 30 anos, quando cheguei a Morro Azul – uma comunidade alternativa encravada entre as montanhas da Serra da Canastra, em Minas Gerais. Foram os conflitos da adolescência, a sensação de não pertencer à família, à escola, à cidade, os motivos a me levar àquele gesto de ruptura. Ousadia e prepotência de adolescente! O caldo de cultura dessa decisão não foi instantâneo; veio sendo preparado desde os livros de Herman Hesse, dos gurus indianos, nas músicas de Janis Joplin, das matérias de O Pasquim, da onda de contracultura devastando o mundo – a macrobiótica, o desafio à tecnologia, à Guerra Fria, ao modelo familiar, ao culto ao dinheiro. Eu não tinha isso claro naquela época, eu só tinha a insatisfação do cotidiano, uma profunda infelicidade familiar e não sabia como romper. Foi o destino a interferir, ao me expor um cartaz colado em uma parede do Grêmio Estudantil, falando de um encontro de comunidades alternativas a acontecer em Goiás, algumas semanas mais tarde. Intuía a urgência vital de ir a esse encontro. Consegui convencer mais três amigos e, com um ar de quem sabe estar definindo seu destino, entramos num ônibus para uma jornada de 27 horas.

Oscilou entre o deslumbramento e a timidez o momento da nossa chegada; armamos nossa barraca no meio de tantas e penduramos um crachá no pescoço. Estavam programadas assembléias, discussões de temas nunca sonhados, noites de violão ao redor de uma fogueira e milhares de possibilidades de encontrar pessoas, conversar, trocar experiências. Meu estômago se contraía de excitação. Uma das discussões mais interessantes foi sobre agricultura orgânica. As comunidades contavam suas experiências. Boas e ruins. Muito mais as boas, pois ninguém gosta de falar de fracassos. E eu me aproximei do grupo de Morro Azul. Quatro dias depois, quando o encontro acabou, eu tinha tomado a decisão de viver em uma comunidade. Em Morro Azul. O voltar para casa, o anunciar a decisão, agora teimosa e inabalável, enfrentar a guerra e as ameaças familiares, as restrições dos amigos, o abandonar os estudos, os preparativos para a partida fizeram daqueles dois meses um hiato de obstinação, de vida em trincheira até, com uma mochila nas costas, a mãe em prantos me fazendo jurar escrever cartas e o pai em um silêncio belicoso, entrar num ônibus com destino a Morro Azul. Alojaram-me em uma casa comunitária, deram-me tarefas coletivas. Nos primeiros dias a cozinha e depois, a horta. Esta e as culturas extensivas de milho, mandioca, feijão e arroz, em menor escala, eram os pontos fortes daquele grupo. Havia também algumas oficinas artesanais.

No início eu era uma adolescente imatura e deslumbrada com o cenário de regras invertidas. O princípio "é proibido proibir" me dava uma sensação de ser livre. Livre para não frequentar escolas, ter e expressar ideias, experimentar o novo, desde o trabalho agrícola, o desconforto material, a negação tecnológica. Livre para viver novas formas de relacionamento, ervas proibidas, enfim... a ousadia de quebrar regras. Estava feliz, finalmente, pertencia a um grupo. Era um ser tribal. Vivia coletivamente em alegria festiva de transformar o sonho em realidade. Propúnhamos ser uma comunidade auto-sustentada e integrada à natureza. Alguns passos já estavam dados quando eu cheguei: uma olaria de bom barro, fornecendo a matéria-prima para a oficina de cerâmica e os tijolos. Os espaços eram coletivos: cozinha, banheiros, oficinas de trabalho, salão de festas, escola. Dormíamos em grupos de seis a oito pessoas. Alguns casais mais estruturados, com filhos, optavam por um espaço individual. Éramos umas 40 pessoas quando eu cheguei. Alguns casais, crianças, bebês...

Uma parte considerável de terra, graças ao esforço de alguns sobre um velho trator, tinha se tornado bastante produtiva; ali se plantava as culturas maiores. Tínhamos abelhas também. Propus que trabalharia na horta. Apesar de ser um trabalho exaustivo, era envolvente, adorava acompanhar o processo de germinação – sementes se transformando em caules delgados, folhas... Tínhamos problemas: formigas, larvas, insetos. Por não usar produtos químicos, muitas vezes não conseguíamos dar conta das pragas. Usávamos armadilhas, iscas, pulverização com infusões de ervas, controle biológico e qualquer outra mágica. A escassez de conhecimento teórico, pouca assistência técnica e nenhum dinheiro, combinados formavam uma equação frustrante. Na horta, as verduras rústicas se adaptavam melhor. Abóbora, couve, repolho, espinafres intermináveis, alface. Plantas menos resistentes como tomates, ervilhas, pimentão, berinjelas saíam de quando em quando, se as pragas permitissem. Planejávamos um moinho para fazer farinha e fubá e um engenho para o melado e a rapadura.

Não havia salário ou dinheiro. A comunidade se estruturava para a produção de consumo e comercialização do excedente – que nunca havia – e a venda de peças artesanais, mas isso dependia da habilidade de cada um e depois, da capacidade de vendê-los. Assim, o dinheiro era sempre miserável. As viagens à cidade eram complicadas e quando alguém ficava doente, um drama se instalava entre nós. Se chás e cataplasmas não resolvessem e a ida ao médico fosse imprescindível, envolvíamos a família do doente, em busca de algum recurso. Havia algumas pessoas originárias de famílias ricas; nem sabíamos quem eram, pois dinheiro pessoal era tabu na comunidade. Fiquei algumas semanas na horta. À tarde, regressava com as costas doendo, a pele ardida de Sol e as mãos em brasa. Minhas unhas eram horríveis, sempre lascadas e encardidas de terra; não cortava o cabelo e poucas vezes o penteava. Se quisesse me enfeitar, trançava uma fita colorida nos cabelos e pendurava longos brincos. Após alguns meses vivendo e adotando valores éticos desse grupo, fui percebendo um outro código – sutil, sempre presente, porém nunca revelado. A ambiguidade de dois elementos: o eu coletivo e o eu individual. Dependendo do equilíbrio dessas duas variantes existiam as pessoas mais fáceis e mais difíceis de se conviver. A comunidade carregava uma contradição ainda despercebida por mim e eu a vivenciava como desconforto, mal-entendido e, por fim, como injustiça.

Hoje, a história me mostra que a comunidade não era democrática. Havia o exercício da discussão, fazíamos assembleia para as coisas desnecessárias; nas coisas essenciais, o poder era autocrático. Tínhamos um líder, o fundador da comunidade e um Conselho. Na época não estava interessada nesses detalhes; para mim eram apenas detalhes. Não compreendia a lógica do poder e sua interação com a minha vida. Estava mais voltada às minhas questões pessoais, à minha sexualidade despertando. Mesmo já vivendo alguns meses ali, eu ainda não tinha tido nenhuma experiência sexual. Tínhamos uma relação meio assexuada com o corpo, quase espartana.

Até surgir Hector, o mais belo dos homens! Chegava da Argentina, trazendo na mochila o sotaque carregado e histórias de andanças. Homem sem raízes, com um brilho de certezas no olhar. Seu porte, seu perfil, seu jeito de falar, sua imagem de homem experiente me encantaram. Estava pronta para viver uma grande história de amor e escolhi Hector para dividi-la comigo. Mas, minha experiência em sedução era nenhuma e não sabia como agir. Foi desse tempo a decisão de trocar a horta pela oficina de cerâmica. Queria perder a aparência de menina da roça, de pele escura e mãos calosas e me tornar bonita para Hector, tornar-me mulher. Talvez nem precisasse, Hector já havia me percebido, mapeado meus olhares apaixonados. Em uma tarde de calor insuportável, convidou-me para um banho de rio. Era atividade comum naquela estação tórrida. O rio, escorrendo da serra, de águas geladas o ano inteiro, tornava-se o único lugar agradável de se estar naquela hora. Amamo-nos naquela tarde na beira do rio e Hector foi a minha primeira experiência de amor. Para uma mulher, isso é um divisor de águas. Faz a diferença. O primeiro homem. A primeira relação. Quando Hector se afastou e rolou para o lado, eu tinha mudado. Era uma mulher! Uma mulher plena. Plenitude que continuou naquela noite, quando à luz da primeira estrela, do sopro da primeira brisa da noite, ele acendeu a fogueira e sob as estrelas me amou novamente. Foi assim toda aquela estação. Eu vivendo da paixão por Hector, ouvindo suas histórias e sendo amada. Amadureci. Com o fim do verão, ele, homem sem raízes, mostrava desejos de partir. Não me incluía nos seus planos e, estranhamente, eu preferia ficar na comunidade. Lentamente, fomos nos afastando. Intuíamos – ele e eu – termos projetos diferentes para nossa vida. Assim, na primeira Lua de abril ele partiu. Deixou-me como presente um camafeu de prata. Ainda o tenho na caixa de lembranças.

Santiago vem me buscar para o jantar na casa dos pais de Susan. Não desejo ir, mas se eu for viver nesta cidade é preciso não colocar pedras demais no caminho, muito menos estremecer a expectativa de Santiago. Em um esforço, coloco um vestido em veludo preto, pérolas. Pelo sorriso, confirmo a aprovação de Santiago. Ele ainda não me perguntou de Anais. Ele ama Susan? Susan é o seu presente, a parceira de seu cotidiano e sonhos; Anais foi o amor da adolescência. Foi dele a decisão de romper quando veio para Londres. Não queria amar à distância nem se sentir comprometido nesse novo momento. Ela ficou perdida, envolveu-se com aquele pintor alemão e quase sobrou uma tragédia. Talvez ainda se encontrem. Um acerto de contas tardio... Quem vai saber?

No caminho, de novo a chuva, o deserto das ruas, as luzes foscas. Talvez neve mais tarde. Em silêncio, chegamos à casa de Susan. Felizmente haviam outros convidados, aliviando a expectativa de ser alvo de atenções. Éramos dez pessoas à mesa; serviço de porcelana e cristais. Começamos com sopa, depois carne assada – alguma caça, suponho – com batatas, ervilhas e uma torta de peixe. Vinho tinto. De sobremesa, torta de chocolate. Licor e café. Talvez houvesse charutos – se os homens se retirassem para a biblioteca para fumar, como nas melhores histórias inglesas. Perguntaram-me coisas do Brasil, as más notícias comuns na imprensa internacional, sequestros, assassinatos, mas percebi uma pontinha de inveja pelo nosso sol, o mar, nossas praias. Contei-lhes dos verões em Ilhabela; Santiago falou da época em que velejava com o pai. Ah... a partir daí, a conversa transcorreu leve: mar, veleiros, ventos e regatas, esta é a alma dos ingleses. Eles ainda sonham com a Índia e com o Caribe, partes no passado do "*império onde o sol nunca se põe*". Talvez porque o clima dessa ilha seja sempre próximo do insuportável, os ingleses decidiram colonizar o mundo. Com certeza eles precisavam sair, isto é sufocantemente gélido e úmido. E eu, planejando viver aqui – pensei com ironia. Pouco antes da meia-noite saímos. Santiago me levou ao hotel; quis saber minha opinião sobre a família de Susan; nos seus planos futuros ela está incluída. Planos, planos e planos...

Santiago está pensando nele, construindo seu futuro, constato. A mãe, fragilizada ainda, não foi incorporada. A mãe que ele quer amar é a mãe sem problemas, independente, forte, terna e poderosa. A mãe como fonte inesgotável de afeto, proteção e apoio. Uma via de único sentido. Não quer se envolver na separação dos pais, fazer opções, nem julgar. Quer passar ao largo, incólume. Com espasmo, os sentimentos de meu filho esgarçam um fio de esperança enquanto o carro corta a neve provocando estranhos barulhos de pneu, água e vento.

Não posso contar com Santiago! E essa certeza me faz de luto. Não tenho saída, concluo, enquanto retorno ao hotel. O círculo se fecha em volta da minha garganta e a cada momento é mais difícil de respirar. Volto atrás, busco outros colos, outras bolsas-preguiças. Intuição. Nesse momento é ela quem me salva: dona Nininha! Febril, respirando por um fio, abro a bolsa à cata da agenda. Acho o número do seu telefone meio apagado, consulto o relógio e acreditando encontrá-la ainda acordada, ligo e aguardo os toques. Um, dois, infindáveis. Quase escuto chinelos se arrastando sob um corpo trôpego. Tem 80 anos, mas é velha há mais de 30. Nunca se recuperou do golpe, o desaparecimento de Ivan. Morreu com o filho. Pior, sentiu-se torturada, sofreu toda a dor do outro em sua própria carne. Mesmo assim, seu corpo e sua lucidez se recusaram a desaparecer. Virou bicho-ferido a buscar, por anos, o corpo do filho e quando o sepultou, morreu de novo. Enterrou com as cinzas a sua energia e se recolheu. Todos os outros filhos empalideceram ante à tragédia de Ivan. Nenhum de seus netos a fez reviver.

Mantive contato com ela esses anos e, por uma lógica invertida, um resto de vida teimoso em se manter dentro dela, tratava Santiago como seu neto ou ainda o seu filho. Tinha uma ternura especial por ele, uma doçura triste e trágica. Dentro da sua morte-vida, renascia com nossas visitas. Fazia bolo de chocolate para Santiago, contava-lhe histórias, falava da infância e nos mostrava fotos de Ivan. Não era fácil para mim esse contato, mas eu devia isso a ela. Visitava-a no seu aniversário e lhe telefonava de quando em quando. Repito o gesto agora. A voz ao telefone é cansada, quase sibilante. Está doente, percebo, muito mais frágil que eu poderia supor. Nem ao falar sobre Santiago, o seu elo em vida, reagiu. Está morrendo, pensei comigo mesma e me senti partida mais uma vez. Outra perda! Precisava vê-la mais uma vez e tentaria levar meu filho, talvez ela precisasse dele. Disse isso ao telefone, mas não importava mais, a sua energia se esvaía, indefectível.

Liguei para Santiago e falei sobre a saúde da avó - ele a chamava assim.

— Os velhos morrem, disse-me, como se me consolasse. Vou ligar para ela, mas viajar nesse momento não será possível. Talvez nem seja irreversível, como está me dizendo, argumentou.

Telefonaria frequentemente, prometeu-me. Desligo e fico a pensar nela, na minha ansiedade por vê-la. Por que pedir a ela o colo sempre ausente da mãe? A relação forte de sua vida era com meu filho, eu sempre fui o apêndice, a mãe da criatura amada. Dona Nininha nunca teve espaço para mais uma filha na sua vida; eu nunca fui a sua filha. Por que eu a busco agora? Talvez para resgatar Ivan e a sua imensa possibilidade de amor, do amor não acontecido e sepultado como uma promessa. Uma imensa ternura por esse homem doce e duro, preenche minhas saudades. Lembro dele em uma noite de junho: estava frio e tínhamos ficado alguns dias sem nos vermos... Estava sozinha em casa quando ele chegou. Na porta me abraçou sem falar nada. Tinha um beijo urgente, um abraço apressado escorregando até a minha cintura, enfiando as mãos debaixo da blusa de lã. Beijava, excitava-me, dobrava meu corpo ao seu toque. Fogo e suavidade. Não falava nada, apenas me acariciava. Amou-me com urgência, com economia de palavras e abundância de afagos.

Ah! Ivan, por que a vida nos destinou essa história? Por que tudo nos foi tirado: a possibilidade de amar, a possibilidade de viver? Por que tudo foi tão curto e tão intenso entre nós? Foram 20 anos de amargura e só agora esse grito de impossibilidades acorda em meu peito...

Resgatar Ivan. Tenho de fazer isso.

Fiquei quatro anos em Morro Azul. Tornei-me hábil ceramista e tecelã. Minhas habilidades foram estimuladas e desenvolvidas lá, nas inúmeras horas curtidas nas oficinas. A vida comunitária foi fundamental para o meu amadurecimento; as melhores coisas em mim hoje – a maneira de olhar o ser humano, os valores éticos – foi Morro Azul quem entalhou no meu espírito imaturo. Lapidei a generosidade, a solidariedade, a parceria, o desapego pelo supérfluo e inútil. Aprendi a dividir e a compartilhar, a vencer o egoísmo. Fui feliz lá e, no entanto, foi uma experiência finita; as contradições inviabilizaram a permanência. Não contemplar espaço para o individual foi talvez, o maior erro estratégico do projeto. Não é possível ignorar os desejos, especificidades e talentos de cada um. E isso ocorria a todo o momento em Morro Azul: pessoas infelizes, presas a tarefas sem sentido. E a dificuldade em lidar com o dinheiro, com o comércio dos nossos produtos nos levava a uma penúria franciscana. Tudo isso eram dificuldades, porém contornáveis.

De fato, o determinante da minha saída foi a estrutura de poder do grupo. Eu não tinha essa clareza. Só sabia que depois de passado o encanto e atolada nas dificuldades do cotidiano, sentia-me desconfortável e infeliz. A organização não permitia o diálogo, não encampava diferenças, impunha regras inflexíveis. Pior – e esta é a minha grande frustração do projeto – contemplava privilégios. As normas podiam ser transgredidas por alguns. Conviver com isso se tornou insustentável depois de quatro anos. Era hora de partir.

Mas como partir? – perguntava-me angustiada, dia após dia. Tinha 22 anos e nenhuma profissão. Voltar para casa era impensável. Dois amigos foram decisivos. Nossa cumplicidade, construída naqueles dias, resiste ao tempo, perdura até hoje. Camilo e Clarice. Camilo era mais velho, estava lá há muito mais tempo. Cuidava de mim, abria os olhos da minha inocência, fazia-me companhia nas tardes compridas das oficinas. Seu descontentamento era anterior ao meu e pacientemente construiu o meu universo de indagações: o sentido da vida, a construção do futuro.

— Não há futuro aqui, dizia-me.

— E onde é a saída? – perguntávamos-nos.

Camilo me intrigava. Passava a maior parte do tempo ao meu lado, meses a fio e nenhum gesto a indicar atração por mim. Sou o seu irmão mais velho, dizia. No ambiente pseudo-assexuado da fazenda, na hipocrisia em ocultar o erotismo das relações eu indagava porque não entre eu e Camilo. E não tinha essa resposta.

Clarice. Ela não era uma mulher bonita: tinha a pele áspera, cabelos crespos e rebeldes, dentes desalinhados. O que lhe faltava em refinamento, sobrava em obstinação. E uma generosidade do tamanho do mundo. Era prática, sabia construir cada passo do seu desejo. Vivíamos no mesmo alojamento onde me adotou tão logo cheguei. Ensinou-me os códigos do grupo e como burlar os mais estúpidos. Protegeu-me e cuidou de mim. Dava conselhos, era minha confidente. Com Camilo formava a minha família, os dois irmãos presenteados pelo destino. Juntos, vivemos todos os momentos – bons e maus – e juntos decidimos abandonar aquela vida.

A saída apareceu quando Clarice voltou da cidade, eufórica. Ficara sabendo do concurso para admissão de novos funcionários de um banco. A única exigência era o curso de segundo grau. Estávamos aptos, concordamos. Se estudarmos, poderemos passar e teremos um emprego. Levamos o programa a sério, estudamos. A prova e; poucas semanas depois, o resultado: primeiro lugar para Camilo e segundo para mim. Clarice em décimo terceiro.

Camilo e eu escolhemos trabalhar em São Paulo; Clarice voltou para o Paraná, perto da família. Decidimos, eu e ele, morar juntos. Fui assaltada no primeiro dia, na porta da agência. Chocada, violentada, quis desistir, voltar para a proteção das montanhas da Serra da Canastra. Camilo me segurou. Era só o primeiro choque.

Resista, falava-me a cada manhã, quando meu coração se acelerava ao me imaginar andando na rua, pegando ônibus, atravessando esquinas. E o tempo foi passando. Dividia meus dias entre o trabalho, a descoberta de São Paulo: seus cinemas, seus bares, suas lojas, suas ruas de comércio tão peculiar... seus teatros. Era plena ditadura e a cidade apodrecia nos seus porões e isso chegava ao meu cotidiano por meio do pavor, da paranoia criada pelos assaltos a bancos feitos pelos integrantes da luta armada. Minha intimidade com Camilo se intensificava. Ficávamos em casa à noite, cozinhávamos, víamos tevê, conversávamos muito ou íamos ao cinema, beber cerveja em algum bar. Às vezes, dormíamos juntos, eu com a cabeça encaixada no seu ombro. Escapava à minha compreensão por que ele não me via como mulher. Não sabia como lidar com meu desejo por ele. Depois de Hector não houve mais ninguém e isso me deixava insegura, sem saber dos caminhos da sedução. Decidimos ir para a universidade. Viver em São Paulo nos tinha mostrado como a máquina da vida fazia as suas engrenagens rodarem. E um curso universitário era imperativo. Trabalhar durante o dia, assistir aulas à noite, estudar nos fins de semana. De vez em quando um filme ou uma cerveja no bar da esquina. Tudo rápido, sem perder tempo. O foco era a universidade. Chegaríamos lá!

Chegamos aprovados em um curso de Economia. Os dois. Na mesma faculdade. Bebemos para comemorar, bebemos muito. Voltamos para casa trôpegos, felizes. Sem censura, meu desejo aflorou. Quis beijá-lo e ele se esquivou. Comecei a chorar, sentindo-me rejeitada. Ele, constrangido e surpreso com o meu choro, ficou desnorteado. Um fiapo de auto-estima não me permitiu dizer nada e ainda chorando corri para o quarto. Camilo veio atrás e se desculpando, alisando meus cabelos, ficou até o pranto se acalmar. Depois, deitado ao meu lado, com seus braços me aconchegando, olhando para o teto, falou:

— Vou partilhar com você um segredo. Ninguém mais sabe. Tenho trazido isso como um fogo a consumir todas as minhas energias. Energia em dissimular, em fazer de conta. Eu amo você, a pessoa mais importante da minha vida. Oh, céus, Marília, como eu queria ser o homem da sua vida. Como eu queria ser aquele destinado a receber seus beijos, seus carinhos e cansado, ver o céu amanhecer depois de ter feito amor com você. Nem sei quando eu comecei a perceber essa impossibilidade, os deuses me negando essa emoção. No fim da adolescência percebi algo fluir diferente em mim. Uma atração assustada pelos meus colegas de escola, uma indiferença pelas meninas. Um saber-se diferente. E o pânico. Por isso fui para a comunidade para exercitar a diferença. Diversa, de outra natureza, mas aliviava a minha angústia. Até surgir alguém e eu perceber, feliz, ter encontrado o meu eixo. Começamos a namorar e foi lindo. Noites clandestinas de puro prazer. A descoberta da sexualidade, enfim avalizada, a possibilidade de trocar, de fazer o outro feliz. A felicidade de construir uma relação de pequenos segredos, de olhares, bilhetes... Depois o fim. O medo de amar. Medo de ser descoberto. Ele era o líder da comunidade, não conseguiria sobreviver se seu segredo fosse descoberto: o amor por outro homem. E esse outro homem era eu. Sim, Marília esse é o estigma a carregar comigo. Eu a amo também. Por favor, entenda.

Capítulo 7

[28 DE DEZEMBRO]

Acordo e tomo café no quarto. O leite e cereais, chá, creme, torrada, manteiga e geléia acompanham os jornais da manhã. The Guardian e o Sunday Times. Folheio-os com o interesse ditado pelo hábito. Sempre foi um caro prazer ter o jornal do dia à mesa do café. Há um ritual estabelecido pelos longos anos, um roteiro para o olhar: as manchetes da primeira página, em seguida, a coluna da página dois. Daquele jornalista que pensa como eu. Como se, a cada manhã, ele confirmasse as minhas certezas sobre o destino do mundo. Depois, uma folheada na parte mais leve, o caderno cultural, selecionando algum artigo para ler mais tarde. Por fim, a seção relacionada ao meu trabalho - as matérias políticas e econômicas. O noticiário internacional, o mais saboroso, fica para mais tarde. Para mim, há um sabor especial em ler notícias de algum lugar perdido na África, na Ásia. Memorizo nomes e mapas de países estranhos, em uma fantasia juvenil de um dia saber o nome da capital, rios e montanhas de cada país, por mais exótico que seja. Rio comigo mesma ao imaginar ser uma das raras pessoas a saber da existência de Uagadugu, a capital de Burkina Fasso, onde se realiza o mais importante festival de cinema africano do continente. É uma informação inútil, mas é delicioso sabê-la. Os anos de leitura obstinada dos jornais me deram coisas assim. Uagadugu! Repito a palavra e a sonoridade me lembra um bebê experimentando suas primeiras sílabas.

Agora, manuseio os jornais ingleses muito mais pelo hábito do que pelo interesse. Aleatoriamente foco em uma manchete sobre o sistema prisional britânico, mas me recuso a ir adiante. Desinteresse. Desinteresse pela notícia, por esse universo no qual nada me é familiar e nenhuma notícia se reflete no meu mundo.

Dormi mal essa noite, os pensamentos se recusando a ceder espaço ao sono. Preciso decidir. Impossível conviver com essa angústia recorrente e infindável. O espaço de indefinições se estreita. Viver se torna, a cada segundo, mais estúpido, mais insensato. Serei capaz de dar cabo de minha vida? O suicídio poderia ser meu ato final de coerência comigo mesma? Qual caminho trilhar? Tantas perguntas e apenas a angústia a me envolver e se confundir com a chuva derretendo a neve. Se tudo fosse mais simples! Me pego teimando, dizendo a mim mesma que nem tudo é tão cinzento, tão sem saída. Há Santiago, a sua ternura, o seu calor.

Ter ficado ao lado de meu filho nestes dias significou o quê? Mostrou o fluido fácil do cotidiano, olhares e gestos a se entender sem a necessidade da palavra; o afeto subentendido sempre e, explícito, outras vezes. Mas também foi solidão, egoísmo e frio.

Tentei. Talvez não tenha tentado o bastante querer ficar aqui. Considerar essa cidade e a proximidade de meu filho, o meu novo mundo. Mas não é isso. Não quero isso para mim. Não consigo me imaginar vivendo nesse lugar frio e cinzento por meses a fio. Nada é familiar ao meu olhar. Como acordar aspirando o mofo triste das manhãs? Ainda é nítida em mim a sensação de ontem – andando a esmo, congelando pelas ruas e sendo atraída por uma vitrine de uma loja de móveis. Ou pelo calor da loja de móveis. Ar quente e objetos com *design* moderno! Um consolo para ossos gelados e úmidos e olhos perdidos. Olhos que vagaram por aquelas peças, sem rumo. Imaginei vê-las dentro de uma casa, da minha casa. Busquei me familiarizar sentando-me em uma poltrona, usando a mesa, jogando o casaco na cama... Inventei cores, tapetes e almofadas; chinelos espalhados pelo chão, meu robe vermelho sobre a poltrona azul, abajur aceso na cabeceira, xícaras sujas de café sobre a mesa. Criei ali a minha casa e eu vivendo nela. A sensação de estranheza permanecia; não me vislumbrava andando entre aqueles móveis, nada me aquecia o coração, nada me entusiasmava, nada a fazer a não ser sair da loja de mãos vazias.

Procurar-me ainda mais. Naquele momento, naquele lugar o não-desejo de recomeçar – esse gosto amargo empastando a boca – aflorou. E, persistente, ficou comigo. Sentimento sutil, tímido, mas com raiz. Fogo morto coberto por cinzas com dificuldades de ser calor outra vez. Senti-me desistindo da vida e não quero controlar o rumo desses pensamentos. Quero, pelo menos por um momento, parar de temer essa alternativa, esse caminho obscuro. Com uma curiosidade cartesiana, continuo a refletir...

Seria a morte uma solução?

O que é desejar morrer? Seria uma forma perversa de buscar o prazer ou seria só o medo da dor infinda? A mola propulsora do ato voluntário até a morte seria apenas o alívio da dor? A dor da solidão e do abandono? Morrer é mais fácil ou mais difícil? Qual é o momento onde todos os sentidos se interrompem? Antecipá-lo ou não? Há desespero nesse gesto ou só a busca da paz? Nenhuma resposta a todas essas indagações. Obstinada, continuo a busca da clarividência, do instante da revelação. Algo de sagrado, sem ser religioso. Não tenho nenhum Deus, nenhuma deidade a quem buscar consolos. Nenhum inferno e nenhum paraíso a minha frente, nenhuma crença no divino. Nada a se agarrar! Apenas a fria natureza da energia, a energia cósmica na qual nos transformamos quando cessa a vida. Essa é a real natureza da morte! A transformação de energia! Ou apenas um corte nesse fluxo energético. Definitivo. Seria a vida tão niilista? Qual a justificativa para essa decisão, o meu desejo de interromper o fluxo vital? O abandono – todos eles – não foram cortes, pequenas mortes ao longo de toda a minha vida? Esse vazio nunca preenchido não foi apenas a expressão de uma não-vida? Não se morre cada vez que se é abandonada? Ergo a cabeça e o meu olhar só vê, através da janela, brancos e cinzas, a tristeza da rua molhada e vazia. Não seria isso a morte? Esse vazio gelado, esse buraco... esse nada a existir além dessa rua e dentro de mim? Não ter as respostas não me importa. Preciso vasculhar mais, sobre todos os ângulos, a opção da morte. E isso não é angustiante, é libertador!

Penso em dona Nininha, na sua história e no fim a se aproximar. A sua opção de vida foi outra, resistir, sem perguntas. Não foi uma opção, ela nunca escolheu, a vida sempre lhe foi posta como algo integral, inquestionável e tinha de ser vivida. E ela a viveu por mais de 80 anos! Fez alguns arranjos emocionais, substituiu Ivan por Santiago e resistiu. Não, não a comparo a mim, somos diferentes; feitas de outro barro. Não tenho, nunca tive a sua resistência... A chegada de Santiago interrompe o fio dos pensamentos. Guardo-os cuidadosamente em alguma caixa de prata dentro de mim. Ponho no rosto o melhor sorriso de mãe e o envolvo num abraço. Ah... ser abraçada por ele traz todas as luzes de volta e encontro meu lugar novamente. Dura pouco essa sensação. O abraço se desfaz e com ele o sopro fresco bafejado. Reajo, reponho o sorriso e – temendo o silêncio denunciador do meu olhar – me ponho a conversar:

— Quero mostrar a você meu presente de aniversário. Fiquei congelada pelas ruas esta manhã tentando encontrá-lo, mas valeu a pena. Você gosta? – pergunto estendendo o vestido branco sobre a cama.

Santiago deu um sorriso de aprovação antes de me perguntar:

– Onde você pretende usá-lo? Vamos para a casa dos pais de Susan, certo? Não tem sentido você querer ficar ao lado de Vó Nininha nesse dia? Você sempre gostou tanto dessa data, da sua dupla comemoração. Afinal, é seu aniversário de 50 anos. Por favor, mãe, fique conosco. Eu sei que você vai se lembrar do papai, ficar triste, mas eu estarei ao seu lado.

Nem argumentei, sem saber por quem decidir. Simplesmente acompanhei-o; iria me mostrar sua casa. Trazia comigo, na bolsa, o passaporte e a passagem de volta. Vivia em Bayswater, em um pequeno apartamento no segundo andar. Era minúsculo! Logo no *hall* de entrada havia a porta do escritório. Depois a sala, um banheiro com a banheira e o outro com o vaso sanitário (coisa de ingleses), a cozinha, ínfima, e finalmente o quarto. Nenhuma varanda, nenhuma área de serviço, uma área de luz mais ampla. Santiago o alugou mobiliado. No quarto, a cama e os armários de madeira escura sobre um carpete florido. Na sala, um sofá, mesa e cadeiras em madeira sólida. Santiago era desorganizado com as coisas pessoais. A cama sempre desarrumada, roupas jogadas pela cama, pelo chão, pelo sofá. Na mesa, papéis se misturavam a pratos e copos usados. Seria um lugar agradável, com a cara e o jeito do meu filho se estivesse mais limpo e organizado. Essa experiência de viver sozinho estava sendo importante – foi mimado e dependente dos cuidados de alguém. Aprender a limpar a casa e lavar a própria roupa, prover-se de comida foi um salto em sua vida pessoal e ele não teria feito isso se ficasse no Brasil. Esse apartamento era o espaço dele, nada a ver comigo, outra mãe talvez se pusesse a limpá-lo, talvez ele mesmo esperasse por isso. Em outros tempos, talvez. Mas agora isso não me interessava. Aceitei o chá e o acompanhei à mesa, na qual me mostrou os dados da sua pesquisa, as conclusões e os passos ainda a serem feitos. Seus olhos brilhavam de entusiasmo. Tive a certeza de ele já ter encontrado o seu rumo na vida, só precisava ainda de ajuda financeira. Constatar a independência do filho é, para a mãe, sempre um sentimento ambíguo. O prazer de saber do seu projeto dando certo e, por outro lado, o vazio, a desnecessidade. No saguão do hotel, ao pé do elevador, uma decisão clara, cristalina e irrevogável:

– É o momento da despedida. Volto para o Brasil hoje à noite. Tenho saudades do sol.

Dormi tensa; sonhei com pessoas de Morro Azul.

Saudades da juventude... Estou fazendo 50 anos e tenho medo de envelhecer. Ser velha nesse país é uma sensação perturbadora. Não há nada mais doloroso para uma mulher, pela idade, tornar-se invisível ao olhar masculino. Não ao olhar do jovem, na plenitude de seus hormônios, mas – e por isso mais cruel – ser invisível ao olhar de um homem da mesma idade, do mesmo homem que há 20 anos me perceberia na calçada e me lançaria um sorriso de desejo. Não importa para nós, mulheres, o quanto a tecnologia tenha avançado e resolvido problemas do envelhecimento. Não importa o quanto a condição feminina avançou, superou barreiras e conquistou espaços. Não importa termos colecionado sucessos na vida, nem estar com a auto-estima bem costurada. Não importa a solidez de um casamento, de famílias bem-resolvidas. Não importa nenhum argumento racional.

O valor de mercado de uma mulher nessa sociedade – e isso foi nos ensinado muito cedo e definitivamente – se mede pelo olhar de um homem a se cruzar na rua. E, aos 50 anos, a condição nos é adversa, nosso valor diminui a cada dia, a cada homem indiferente e cego nas calçadas, elevadores e portas de lojas. E há a menopausa: condição biológica desconfortável e injusta a nos empurrar ainda mais para o poço do envelhecimento. Não posso ignorar minha idade se, aliada às questões subjetivas, eu desperto no meio da noite com ondas de calor, molhada em suor e insone. Permaneço até a madrugada para outro dia de cansaço que joga a minha criatividade no limbo, no nada. Como conviver com o fato dos meus ossos estarem se esfarelando, minha pele enrugando e minha vagina se tornando tão seca a ponto de uma relação sexual se tornar dolorosa e desconfortável e o toque erótico, antes prazeroso e fonte de intimidade, postergado, com medo da dor prenunciada? Não me adaptei aos adesivos hormonais e não consigo viver sem eles, meu corpo se rebelou, funciona em ritmo incompreensível, interferindo no meu humor, no trabalho, no contato com as pessoas. Definitivamente, é um ciclo de perdas, um período onde a alma está triste. Volto-me para os céus, para os deuses com estas perguntas sobre o mistério da vida e não encontro nenhuma resposta. A espiral de fumaça do incenso queimado no Solstício carregava essas indagações à Deusa-Mãe. Nada! Também as religiões – e não só a sociedade – estão despreparadas para esse dado novo: a longevidade humana! Todos os rituais religiosos foram pensados há alguns milênios, quando a idade máxima do homem ficava em torno dos 30 anos. Não há para o velho um caminho divino na busca pelo paraíso a não ser a resignação em vida, a aceitação da decadência e dos limites. A decadência biológica e intelectual! Os limites orgânicos e culturais! É certo, há um avanço científico se contrapondo ao declínio, dando mais dias de vida a cada censo publicado. Mas a ciência é uma ferramenta torta e cega na qual a vida se lê em um conceito estreito, menor, mensurável por parâmetros concretos – pulsações cardíacas por minuto, mililitros de urina por hora, milímetros de mercúrio de pressão arterial sanguínea, número de respirações por minuto, respostas reflexas de neurônios... A vida é muito mais! E ela precisa ser dimensionada por conceitos tão vagos como: sonhos, desejos, projetos, bem-estar, sorrisos, criatividade, prazer... felicidade!

E quais respostas me dão sobre o envelhecimento a religião, a ciência, a filosofia? Como absorver esse saber acumulado? Como encaixá-lo no meu cotidiano: meus teares, meu parceiro, minha família e me sentir apaziguada para viver os meus 50 anos na sua plenitude?

Não sei as respostas.

Quando olho para trás e perscruto a minha história, sei da minha vitória: meu equilíbrio. Se tivesse me envolvido desigualmente com clientes, família, Francisco, as gêmeas ou os meninos – me sentiria hoje completamente drenada. Seria uma velha, por certo. A percepção de estar inteira como mulher e de ter cumprido de maneira circular todos os ciclos de vida, me mantém equilibrada nessa linha da meia idade. Tenho uma sensação boa de ter corrido atrás dos meus sonhos e feito deles bons projetos.

Quando penso no meu casamento hoje e vejo Francisco e seus cuidados comigo, seu desejo e seu apoio, quase esqueço as turbulências. A nossa relação foi além de planícies e lagos, foi também trilhas ásperas e pântanos. Crises financeiras, de opinião, conflitos cotidianos... mas nada me abalou tanto como saber de outra mulher na vida de Francisco. Um romance! A traição! Não sei ao certo quando começou: provavelmente durante a gravidez de Miguel ou pouco depois. Eram tempos estranhos aqueles. Vivíamos no sítio há sete anos, praticamente isolados, trabalhando tenazmente. Ele, desafiando a terra a lhe dar, a cada dia, pão e dignidade; eu me afirmando na tecelagem, tentando me profissionalizar, vender minhas peças. Ambos ocupados diuturnamente. Essa gravidez tinha sido inesperada, inadequada e silenciosamente, ambos culpávamos o outro por ela. Nosso ritmo biológico – nossos horários de dormir e levantar sempre dissonantes – tornava-se perfeito para esse momento de isolamento, de dificuldade de comunicação. Nossos espaços de intimidade escasseavam dia-a-dia. O hiato entre nós era mais nítido no fim da gravidez. Eu me angustiava por atribuir a distância de Francisco à deformidade do corpo feminino, xingava sua indiferença, jogava as esperanças para o futuro e trabalhava.

Quando Miguel nasceu, vi-me envolvida por novos hormônios e pelas necessidades do bebê. Esqueci-me de Francisco; meus hormônios, antes femininos, pulsáteis e vorazes se transformaram no leite morno e branco da maternidade. O feminino em mim, a essência de Marília ficou esquecida em alguma gaveta da vida até ser sacudida, queimada pelo raio da traição. Raio surgindo do nada em uma doméstica, ensolarada e tranquila manhã de sábado quando, acidentalmente, limpava os bolsos de uma roupa para lavagem. Mal podia imaginar que papéis amassados e dobrados significassem mais que lixo reciclável. Significassem amargura, dor. Em meio a eles, um bilhete. Um bilhete de amor em letra redonda de mulher. Para Francisco. A surpresa intensa me paralisou. O ar se tornou seco e raro, o coração se encolheu, a pele enrugou e gelou. Nós, mulheres, somos treinadas pela cultura a sobreviver mesmo quando o amor míngua. Treinadas a dar e perder e aceitar. Mas há um limite nessa contabilidade de sentimentos: o gesto impossível de suportar. O instante quando a vida desmorona e o amor entra em coma. E foi esse o limite desfeito pelo bilhete amassado. Por minutos – morta – nada soube fazer, continuei a organizar roupas, brinquedos e papéis mecanicamente. Até não poder mais.

A raiva cresceu pedindo erupção. Saí andando a esmo pela trilha. Chorava. Às vezes, em silêncio, lágrimas ardendo, às vezes, convulsivamente, aos gritos. Como num filme, voltavam todas as mágoas, os ferimentos causados por Francisco ao longo dos anos e eu ia contabilizando-os, um a um, fertilizando o solo da ira e da dor, fecundando um único sentimento: o da destruição. Ferida, queria destruí-lo e mentalmente, fabricava a arma e usufruía o prazer de experimentar diferentes maneiras de matá-lo. Poderia aniquilá-lo com palavras, com a minha partida, a separação dos filhos. Eram tantas as possibilidades! E eu vivia o prazer perverso de examinar cada uma. Não sei quanto tempo passei neste êxtase. Só dei por mim quando cheguei à cachoeira, exausta, suja, suada. Mergulhei nela e deixei as águas geladas e difíceis me envolver. Talvez quisesse morrer naquele instante, talvez – por um segundo – tenha pedido às águas para me levar ao fundo, encharcar meus pulmões, meu cérebro... e tudo se acabar.

Só por um segundo!

Reagi, voltei à tona e sai da água. Caí na grama e fiquei inerte, o corpo anestesiado, a mente em branco, apenas respirando. Estava viva e o pior momento tinha passado. Sabia disso. Agora seria o lento caminho da reconstrução. Amava Francisco e ia lutar por ele, não sabia como. Nesse momento eu só sabia ter de permanecer imóvel, respirando, acumulando forças. Pouco a pouco, a lucidez foi voltando e, com ela, as coisas práticas: o desconforto da roupa molhada, o bebê a ser amamentado... Gelada, com frio e uma sensação de desamparo só comparável a alguns dias da adolescência, levantei pronta para o caminho de volta. Minha auto-estima havia se desintegrado, essas poucas horas me levaram para o lodo escuro dos pântanos. A raiva tinha se esvaído, a dor e a tristeza, não. Os sentimentos de destruição mútua se perderam nas águas geladas, e eu me perguntava do enfrentamento com Francisco. Não sabia se o casamento se manteria, não conhecia a intensidade dos sentimentos dele pela outra mulher. Alguns dias se passaram sem eu tomar atitude alguma. Vestia a máscara da normalidade e observava Francisco. Com a atenção refinada tentava mapear cada gesto seu.

Conscientemente, permitia-me apenas interpretar com novo olhar o cotidiano, sem espionar. Perderia minha dignidade e eu não suportaria isso. Era tudo a restar da minha auto-estima. Dignidade. Não procurava provas, não duvidava, tinha todas as certezas. Buscava, nessa procura alucinada, as saídas para a minha vida. Atenta à habitude de Francisco, feria a alma perceber seu olhar perdido – as respostas distraídas doíam, ainda mais as suas idas à cidade. Impossível suportá-las. O ciúme surgia avassalador e eu morria nesses intervalos. Temia o momento quando Francisco tentasse me tocar na cama, tinha pavor das suas mãos contaminadas pela textura de outro corpo. Paradoxalmente, sentia-me rejeitada, abandonada pela sua indiferença sexual. Vivia em estado de pânico, tristeza e ciúmes. Não dormia, não comia. Parei de amamentar. Até uma noite de solidão quando percebi o meu jogo de autopiedade: um estado contínuo e mórbido de pena e cegueira na qual a culpa do meu sofrimento estava no outro. Foi o retorno da lucidez e comecei – honestamente – a examinar o meu papel na crise. Foi angustiante se defrontar com o espelho, sem disfarce e comiseração. Uma associação mental, uma figura a simbolizar o cotidiano como dias superpostos em camadas – como um repolho, pensei. Achei horrível comparar meu casamento a um repolho, mas me curvei ante a linguagem do inconsciente. Fui reconhecendo o fim dos projetos comuns, a acomodação em vidas paralelas em que se esqueceu a ternura das longas conversas, os sonhos comuns. E quando o outro tentava interferir, era repelido. Fiz isso muitas vezes. Deixei de acompanhar Francisco nas incursões pela vida do sítio, pelos ciclos das árvores e dos bichos, porque isso roubava o tempo dedicado aos meus teares. Éramos dois solitários habitando a mesma casa.

Abria a caixa empoeirada do meu casamento e começava a espaná-la. Fragmentos, antes escondidos surgiam e fui refazendo a minha história nos últimos tempos. Não, não houve um ponto de inflexão; apenas o suceder de dias: a camaradagem, a cumplicidade e a sedução entre um homem e uma mulher descartados. Não havia culpados, apenas duas pessoas desatentas, concluí. Era o momento do enfrentamento, da conversa; eu tinha a serenidade necessária. Escolhi uma tarde morna e silenciosa. Entrei no seu escritório, acendi um cigarro e comecei a falar. Genericamente, contei-lhe da minha análise do nosso casamento e depois da descoberta do bilhete, da outra mulher. Tentei não fazer acusações, disse-lhe da mágoa e da minha disposição de lutar por ele. Ensaiei muito a falsa serenidade de uma *lady* inglesa lamentando o império desmoronado. Nenhum tom de voz altercado, nenhuma lágrima, nenhuma acusação. Eu percebia o espanto de Francisco pela palidez, pela contração dos músculos da fronte. Ele me ouvia calado, impassível e permaneceu um longo tempo quieto, curvado, gastando meu silêncio, como que procurando as palavras. Quando levantou a cabeça, manteve o olhar distante, fixo em algum ponto da janela:

— Sim, Marília, há uma outra mulher. Tsai Yung. Ela é chinesa, da região de Taishan, uma coleção de cidades e vilarejos ao longo da costa sudeste da China, não muito longe de Hong Kong. Incrivelmente, dessa pequena faixa de terra saíram mais de 50% de todos os chineses espalhados pelo mundo. Uma história de migrante como outra qualquer. Andou pelo Canadá e Argentina antes de chegar aqui. Ficou viúva logo na sua chegada ao Brasil e, com a ajuda dos chineses da comunidade, montou um pequeno comércio. Eu a conheci dentro da sua loja, há algum tempo. Oferecia-me chá e me falava sobre agricultura chinesa. Algo nela, a maneira de me olhar, sempre indiretamente, o jeito de se colocar, os gestos foram me atraindo. Como se ela me permitisse ocupar um espaço no mundo, inimaginável com você. Quando os dias no sítio ficavam difíceis, o trabalho não fluía, as crianças faziam barulho demais ou você me pressionava com algo ou – como aconteceu nos últimos tempos – você não me percebia e não se importava com o meu mundo; nesses momentos a companhia de Tsai Yung era um bálsamo nesse mar de dificuldades. Ficávamos no seu pequeno escritório, no fundo da loja, a tomar chá, ouvindo música oriental, jogando Go e conversando. Era o suficiente para me reequilibrar e continuar a vida. Até o dia quando isso não foi mais suficiente. Surgiu o desejo e eu passei a sonhar com a mulher de gestos delicados e corpo miúdo, liso, sem curvas. E do pequeno escritório, passei a ocupar a casa toda. O quarto, a cozinha de cheiros estranhos, a rede à sombra, no quintal. Muitas vezes eu ficava pensando em você, na minha família. Mas eram dois mundos diferentes e complementares – eu acreditava ser possível conviver em ambos. Tsai Yung não disputa espaço com você, Marília. O meu amor e o meu desejo por você são os mesmos. Não se sinta magoada, não foi uma troca. Foi só algo a mais. Como uma expansão do meu universo. A sua descoberta desequilibra esse mundo. Não sei como vamos equacionar isso. Entenda... não há desamor por você. Nenhum. Mas tente entender o meu lado. Não é algo a se resolver em uma única conversa. Precisamos de um tempo de amadurecimento, de avaliação.

Fiquei perplexa. Estava preparada para lidar com um homem angustiado, culpado, dividido. Francisco não estava assim. Eu não sabia o que fazer. Meu coração continuava ferido e desarticulado com a razão e ela entendia os argumentos dele. Esse descompasso me perturbava. A ética, percebi, não seria motivo suficiente para a relação se findar. Nosso casamento precisava dar um salto de qualidade a compensar a eventual escolha dele. É competência minha? – eu me perguntava. Se eu assumir esta postura, pressupõe-se a assunção de toda a responsabilidade pela crise. E eu não a entendia assim. Entendia atitudes partilhadas. Debati-me sozinha com estas questões até não poder mais. Em um encontro com Marília, no fim de semana, desabafei. Mais do que falar, chorei, pedi colo.

Ela me ouviu, colocou-se no meu lugar e, como em um jogo, colocou-se no lugar de Francisco também. Buscava um diagnóstico preciso – a rotina do nosso casamento e o exotismo da mulher chinesa, sua comida, seus chás, seus cheiros e seu corpo esguio. Não deu soluções; ouviu-me, analisou e foi solidária. Manteve-se atenta e generosa durante a semana. Não sei se conversou com Francisco. Percebi, ao cabo de alguns dias, sua insistência na necessidade de mudança do meu cotidiano. Argumentava ter sido a rotina, a víbora a sutilmente envenenar o amor de um pelo outro.

Eu estava afogada em um cotidiano com quatro filhos pequenos, contas a pagar, encomendas aprazado e – embora concordasse com ela quanto à revitalização da minha vida – não conseguia vislumbrar um caminho. Argumentava, contrapondo os dados da realidade. Então, ela me surpreendeu... Um presente, denunciado pelo olhar matreiro e o sorriso de travessura escondida de criança, mal conseguindo esperar o momento de estarmos a sós para me entregar um envelope: um bilhete de viagem. Para a Romênia! Viajaríamos em 15 dias, ela me disse. Eu e ela, em férias. Iríamos visitar a Transilvânia e os mosteiros moldovitas.

Despedi-me de Santiago na fila de embarque, na entrada do portão. Um longo abraço e a sensação de última vez. Nunca mais abraços entristecidos em saguões de aeroportos! Ele me passou a bolsa, fez um afago nos meus cabelos e partiu. Com uma serenidade anestesiada passei pelos controles alfandegários e, talvez pelo hábito, parei na livraria. Um livro, uma foto de capa me atraiu. Em branco e preto mostrava o rosto de uma mulher asiática. Era a biografia de Aung San Suu Kyi – a filha de Aung San, o herói da independência da Birmânia. Atualmente, mesmo em prisão domiciliar, ela lidera as forças de oposição a uma ditadura militar feroz, desde o golpe de estado em1962. Na Ásia, ocultas pela doçura feminina, se escondem mulheres de uma tenacidade política invejável. Conhecer a história de vida de pelo menos uma delas me dará uma visão mais ampla de como as religiões não-cristãs lidam com suas mulheres – pensei, enquanto manuseava o livro. Concentrei-me na foto da capa mostrando o seu perfil: pele morena, longos cabelos negros, olhos afiados e boca determinada. Essa mulher sabe o que quer; tem determinação suficiente para enfrentar os generais do seu país. Só espero que tenha sabedoria também; generais são sempre generais, em qualquer parte do mundo, concluí. Comprei o livro e busquei uma poltrona num canto, disposta a iniciar a leitura.

Uma conversa barulhenta nas poltronas ao lado atraiu minha atenção. Dois homens se cumprimentavam, reconheciam-se em meio a sacolas de *free-shop* e valises de mão. Havia alegria naquelas vozes. Prestei atenção. Era um som familiar, talvez um dialeto italiano e pareciam italianos: corpo arredondado, cabelos crespos e negros, olhos escuros e o gesticular latino. Exuberantes, faziam contraste com a minha figura miúda, silenciosa, quase imóvel dentro do casaco escuro. O som me intrigava, minha memória o reconhecia, mas não identificava sua origem. Então tudo se encaixou, como a peça final do quebra-cabeça: no painel de voo, o destino para Bucareste. Romênia! Eram romenos voltando para casa... Como uma janela se abrindo, lembrei do outono de 1991. Marília e eu de férias. Memoráveis lembranças!

O desejo de viajar para a Romênia se infiltrou em mim muitos anos antes, em uma noite de lua crescente, quando abraçada a Ivan em algum jardim perdido na memória, ele me falou da lua crescente vista ao contrário, com a sua curvatura oposta, no outro hemisfério. Como na União Soviética. Há um único lugar em toda a Europa comunista onde é possível pelo menos entender a língua. A Moldávia, uma região compartilhada pela União Soviética e a Romênia. Tem origem latina. Eram províncias do Império Romano do Oriente e resistiram à invasão dos turcos ao Sul e dos eslavos ao Norte. Ficaram esquecidos do mundo e nós estamos ligados a eles por dois mil anos de história.

Foi a primeira vez a ouvir sobre a Romênia. Parte dela ficou esquecida, mas a comparação da lua em ambos os hemisférios estava presente, quando olhava o céu em lua crescente. Após a queda do muro de Berlim a Europa do Leste se tornou meu objeto de desejo. Viajar à Romênia, entender dentro de uma cultura mais próxima como foram 60 anos de comunismo, compreender como a transição política e econômica estava acontecendo, tudo isso me fascinava. Um dia, em uma das intermináveis conversas entre eu e Marília no sítio, eu a convenci a viajar comigo. Pinturas ao ar livre, à custa de pigmentos locais existentes há 600 anos, tinham atraído sua atenção quando pesquisava os pigmentos naturais. Viajamos no outono.

Chegamos pela Áustria e logo me entediei: era organizada demais, com os seus belos jardins e castelos. A dinastia dos Habsburgos nos cedeu uma de suas princesas: a Imperatriz Teresa Cristina – e sua corte de cientistas, botânicos, artistas. Mas nem a história de Teresa Cristina, nem a de sua prima mais famosa, Elisabeth, a imperatriz do Império Austro-húngaro, interessava-me. Nada de histórias de princesas infelizes. Entrar no trem com destino a Budapeste, sentar nos bancos de couro vermelho e deixar Viena. Olhar a paisagem harmonizada de casas, ruas e depois os primeiros campos. Logo as coisas começaram a mudar: cortávamos as imensas planícies húngaras, cobertas de girassóis e trigo, iluminadas pelo sol do meio da tarde. Mas, de quando em quando, a pesada herança comunista nos agredia na forma de grotescas construções à beira da ferrovia, ou então, imensos tambores azuis, estocando o poder do antigo regime... agora, enferrujavam ao mesmo sol a inundar os campos de girassóis. Na fronteira austro-húngara, o medo ancestral. Soldados armados falando em húngaro conosco. Soldados formados pela escola militar soviética! Como no passado, sentia-me indefesa diante do totalitarismo. Tudo bem, a estrutura maior tinha ruído, mas nem de longe o aparato militar tinha sido desmontado e isso abriu um buraco negro dentro de mim. A conexão húngara, um outro trem depois de algumas horas e a Romênia cada vez mais perto. Dormi a noite toda e quando acordei ao primeiro raio de sol, percebi ter despertado dentro de um cenário.

Mil anos tinham se passado desde quando os mercadores do oriente passaram por ali com suas cargas de seda e especiarias e nada tinha mudado. A luz dourando a manhã, o verde da grama, o pequeno rio sinuoso, brilhando, uma pequena casa de madeira, de teto de palha. Talvez houvesse ovelhas, não me lembro. Os Montes Cárpatos, a imponente cordilheira a separar a Ásia Menor da Europa, sempre foram uma muralha natural a definir invasões e rotas comerciais. Apenas por um caminho, a montanha permitia ser transposta, o passo de Brasov, por onde cruzávamos agora. Durante séculos esse era também o caminho dos ciganos vindos da Índia. Hoje, a maior população de ciganos do mundo vive nessa região, a Transilvânia. Os tempos modernos associam esse nome à história de Drácula e eu tinha as férias inteiras para conhecer esse personagem fascinante. Brasov, com suas imensas fábricas e seus sujos prédios de apartamentos da Era Ceausescu, foi nossa base naqueles dias . Um carro alugado e manhãs de sol nos levavam a pequenas aldeias medievais intocadas. Lembro especialmente de Sighisoara. Nenhuma invasão contemporânea na pequena cidadela no alto da colina, protegida pelas altas montanhas. Suas ruas ainda eram de pedra, colocadas ali há 800 anos, a mesma pedra nas muralhas, na imponente torre do relógio e nas casas baixas, coladas umas às outras. O passado intocado e preservado, esquecido pela globalização contemporânea. Nenhum *outdoor*, nenhuma placa da *coca-cola*. Era fácil fechar os olhos e imaginar caravanas de animais, sua pesada carga de baús e armas, tocados por homens de sapatos rústicos, gorros negros de lã de carneiro e cheirando a tabaco. À noite, os mercadores acampavam na beira do rio, acendiam fogueiras e – com rústicas violas e flautas – cantavam a vida de quem vivia pelas estradas. De quando em quando, o relógio da torre marcava a realidade, o tempo passando. Fiquei hipnotizada em Sighisoara! Olhava para as montanhas e imaginava o inverno, as grossas camadas de neve adormecendo a paisagem e via homens subindo as ladeiras com seu gorro alto, de pele de ovelha. Andava pelas vielas e sabia poder viver ali em uma época atemporal, assar o pão e alentar o fogo enquanto a neve cai e o vento faz ruídos nas janelas. Mas nós éramos apenas turistas, duas mulheres estranhas a despertar olhares escondidos.

O sol, diminuindo a sombra de pinheiros e bétulas sobre as ruelas de pedra nos falavam antes do relógio da torre, ser meio-dia. Na entrada do restaurante, uma placa informava ter vivido naquela casa – entre os anos de 1431 a 1435 – Vlad Dracul, príncipe da Valachia. Em meio à lendas e fantasias a correr o Ocidente, esta é a única informação real de um lugar onde tenha vivido esse herói romeno. Ele conteve

– por meio de suas hábeis estratégias guerreiras – a invasão dos turcos, vindos do Sul. E resistiu à invasão do Império Otomano, permitindo a seu reino e ao da Moldava, manterem-se autônomos e, mais tarde, serem o cerne do povo romeno. Nada de vampiros, apenas um senhor feudal cujas ações militares foram fundamentais para a construção da nação romena.

Minhas lembranças se interrompem pelo anúncio de embarque. Deixo os alegres romenos para trás, deixo Londres e todos os meus projetos de redenção frustrados e – de novo – parto em busca do meu destino. Cumpri um ritual de renascimento à busca de uma saída. Nada. Só me resta o retorno ao ponto de partida: minha casa. É ali onde vivi nos últimos 30 anos, onde vou me curar. Minha cabeça lateja, recosto-me na poltrona e aguardo a decolagem. Procuro na bolsa um comprimido para dormir e delego a ele o poder de, pelo sono, abreviar esse tempo inútil, essa noite desnecessária. Deixei Santiago para trás; foi uma decisão determinada. Sou uma moldura em algum canto da sua vida, sem nenhuma interferência em seu mundo atual. Ele ficará bem sem mim, sei disso.

É preciso um bom tempo para o avião aquietar-se. À meia-luz, acalmo-me. Abro a caixa de prata onde guardo retalhos dos bons momentos e, esperando o sono chegar, vou esquadrinhando o passado. Romênia! As imagens daquele outono fluem docemente. Estávamos ao norte do país, na Moldávia romena, na fronteira com a Ucrânia. Nunca pensei chegar tão longe – comentei com Marília, enquanto, do alto das montanhas, apreciávamos a primeira neve e nos perdíamos entre os matizes do vermelho tingindo a floresta. Aquele caleidoscópio de cores e tons impressionava Marília. Sua sensibilidade artística e seu trabalho obstinado de transpor cores para suas obras encontravam naquela paisagem um desafio a si mesma. Como trabalhar com isso? – perguntava-me agitada. Nosso guia, em um inglês precário, falava-nos do cotidiano daquele povo de agricultores, lenhadores usando a floresta do mesmo modo há séculos. Como a ilustrar, apontou pessoas saindo da mata com cestas nos braços. Catando cogumelos. Farão conservas e as estocarão para o inverno. Eles serão usados no preparo de tortas, em cremes e misturados ao molho de carnes. Por duas semanas rodamos em outro mundo, esquecido desse século conturbado. Marília estava em crise no seu casamento e, no entanto, conseguiu junto com Francisco resolver a questão. Estão juntos até hoje. Duas vidas e dois destinos! Somos tão diferentes!

Quando entrei no avião e me sentei, aspirei fundo e, lentamente fui expelindo o ar. Era um grande desafio para mim, nunca tinha viajado de avião e o fazia agora em circunstâncias muito peculiares. Era uma viagem não-planejada, viabilizada de formas diferentes e opostas, por Marília e Francisco. Três meses haviam se passado desde a conversa com Francisco e eu continuava indecisa – sem conseguir deixá-lo e angustiada, não suportava essa situação indefinida. Desconhecia propositalmente se ele ainda se encontrava com Tsai Yung e a incerteza doía muito. Era um moto-contínuo mais desgastante a cada ciclo. A viagem colocava um basta nessa agonia, um parêntese no qual eu pudesse respirar ar renovado. Eu queria punir Francisco também: deixá-lo administrando os quatro filhos, inclusive um bebê de oito meses. Queria ter minha ausência notada e meu valor reconhecido. Corria riscos, eu sabia: encontrar, na volta, uma situação definida contra mim. Francisco poderia ter decidido viver com Tsai Yung definitivamente. Bem, pelo menos a situação será decidida, eu disse a mim mesma, cruzando os dedos em figa e sentindo uma dor imensa ao supor desmontar uma vida estruturada com tanta luta.

Apesar de Marília ter ficado entediada com a Áustria, eu me encantei com seus jardins bem-cuidados e seus palácios, sua organização e refinamento, mas a curiosidade para ver os países do Leste era maior ainda. Os regimes pró-soviéticos tinham acabado de cair – ou ainda estavam caindo – e um mundo, antes escondido, aparecia aos nossos olhos. Era essa alma liberta para um mundo torto, cosmopolita, comercial e livre a nossa busca. Cortamos as planícies húngaras e seus campos de girassóis nos seus trens azuis, lentos e pontuais. Seria uma bela viagem. Mesmo excitada com tanta informação era assaltada, com uma frequência cada vez maior, pela saudade das crianças, do meu bebê e de Francisco. Catei meu bloco de desenho e comecei a transpor os campos de girassol, milho e beterraba, rostos de crianças para o papel. Um outro dia e um outro trem, e eu continuava desenhando: agora montanhas e ainda rostos de crianças enquanto o trem cortava os Cárpatos para chegarmos ao coração da Transilvânia. Aldeias inteiras da Idade Média, para entusiasmo de Marília. Começou a delirar. Teria uma casa aqui e viria para passar o inverno quando metros de neve se acumulariam nos telhados e nos campos. Teria um criado e ele se chamaria Boris e mancaria com a perna esquerda. Ele seria muito feio e ela sempre se assustaria com suas entradas fortuitas. O telefone funcionaria mal e teria grandes lareiras para aquecer a casa de paredes grossas e portas rangentes. Boris traria lenha para dentro todos os dias. Nos dias de tempestade de neve, as janelas ficariam batendo, o vento assobiando e os lobos uivariam nas florestas próximas. E ela teria medo, muito medo... falava.

A Transilvânia, com suas aldeias medievais intocadas, suas ruas sinuosas de pedra, a ausência de qualquer toque de modernidade me oprimiu. Senti-me a anos-luz da minha vida real e, pior, correndo o risco de vê-la desmoronar pela minha ausência. Culpada por ter deixado meus filhos – morria de saudades deles. Não podendo compartilhar minha angústia com Marília; chorava em silêncio na cama. Sonhava com o meu bebê sorrindo, acariciando-me com suas mãozinhas macias. Em Brasov, alugamos um velho Dacia, cujo motorista falava um inglês precário e partimos em direção ao nordeste, onde se encontravam os monastérios bizantinos do século XV e XVI. Foi uma longa viagem, margeando a cordilheira. Olhar a zona rural, a imensidão de campos vazios abriu o meu espírito do ar soturno da Transilvânia. Depois de algumas horas, cruzando com carroças puxadas por quatro cavalos e cocheiros com um longo gorro de astracã preto, a paisagem começou a mudar. Florestas e montanhas. Era fim de novembro e a primeira neve tinha caído nas partes mais altas. O ar estava frio, o sol brilhava e os montes de cumes brancos formavam um contraste luminoso com o céu azul. Fiquei fascinada quando vi as cores impressas na natureza. A roupagem de uma floresta temperada no outono, na fronteira entre a Romênia e a Ucrânia. Tonalidades de vermelhos, ferrugem, marrom, amarelo e verde. Olhava extasiada! Eram as cores do fogo e, ao longe, esses tons se mesclavam, interpenetravam-se como se fosse a paleta de um pintor enlouquecido misturando as suas cores, ocupando todos os espaços com pinceladas fortes e carregadas. À medida que o carro ia se aproximando, as cores, como num segundo movimento de sinfonia, iam se individualizando: verde, em maior quantidade, muitas manchas cor de ferrugem depois, um grupo de marrons. Amarelos eram raros e formavam um contraste majestoso, um *allegro* e por fim, andante, o vermelho: o fogo! Eu não cansava de olhar, recusava comparações com tudo já conhecido e em um olhar mais cuidadoso, percebi a forma das árvores. Os pinheiros cônicos, a longa copa arredondada dos plátanos, os galhos retorcidos dos carvalhos, as bétulas, os olmos... Ao longe, entre as dobras suaves das montanhas mais baixas, erguiam-se alguns cumes mais esguios, pontiagudos, desnudos expondo rochas nuas e suas tiras de neve precoce de outono. Paramos o carro e emocionada, contemplava o horizonte sabendo ter vindo de um lugar longínquo para enlouquecer com a beleza. Fotografava histericamente. Tinha medo de meu olhar, com o tempo, se esquecer das cores do outono. Nem seria preciso. Vejo hoje, passado quase dez anos, as fotos desbotaram, mas minha memória guarda vívida aqueles tons de laranja, vermelho. As manchas amarelas. O contorno verde dos pinheiros.

Nessa noite, na minha cama do hotel eu não senti saudades das crianças nem chorei minha distância de Francisco. Havia me nutrido do mais belo da natureza e aquilo me preenchia. Acordei cedo e corri atrás da luminosidade do Sol refletindo na floresta. De novo, a sensação de êxtase! Com a luz em ângulo mais baixo, as cores se metalizaram. Eram cobre! Ouro! Prata! Esmeralda! Rubi! Como uma criatura poderosa e vaidosa, a natureza invertia tudo. Colocava suas mais belas jóias e exibia todo seu esplendor às primeiras luzes da manhã.

Haveriam outros momentos de deslumbramento, mas naquela hora eu ainda não sabia disso. E o dia tendia a ser mais um dia normal de turismo quando o carro adentrou em uma estrada secundária rumo aos monastérios bizantinos do século XV e XVI. Estava conformada em ver ruínas, alguns painéis desbotados para selar o fim da viagem. Qual o quê! Ao sair do carro frente a um muro alto, o vento gelado arrepiou minha pele e desarranjou os cabelos. Espreguiçando o corpo e me protegendo do vento, apressei-me em atravessar as muralhas. Dentro apenas o Sol e o céu. E a sombra de Voronet! O céu era tinto de azul intenso, quase marinho e na linha do horizonte, emoldurava a silhueta das montanhas, cobertas de pinheiros, de um verde homogêneo se esparramando até se encostar ao cinzento das muralhas. Meus olhos faziam essa composição pictórica, continuando pela linha da muralha até os contornos dum pequeno mosteiro, de estilo bizantino, com paredes arredondadas e teto cônico, achatado no vértice. Cega pelo Sol caminhei alguns passos em direção à sombra da capela. Ao abrir os olhos, o ar sumiu. Exposto ao tempo, ao vento, ao frio, à chuva, à neve por mais de 500 anos eu me deparava com o mais belo e original mural bíblico da humanidade. As quatro paredes da capela eram meticulosamente recobertas por cenas bíblicas, histórias de santos, da criação do mundo, a expulsão do paraíso, a arca de Noé, a anunciação... anjos e arcanjos. Os patriarcas da Igreja Ortodoxa. Estavam todos lá. Imagens totalmente nítidas, intactas e conservadas. Minha primeira pergunta foi: qual tinta foi usada lá? Sabia ter sido pintada com pigmentos naturais, retirados das rochas, das plantas, da montanha, mas não imaginava tal nitidez. E ainda havia um detalhe refinadíssimo: todo o fundo era num tom especial de azul, o mesmo azul do céu, como se os arcanjos ali representados tivessem trazido um pedacinho daquele paraíso e o entregado ao artista. Mais: havia um grande painel na face oeste, representando o Juízo Final. A labareda de fogo descendo das mãos de Deus cortava toda a cena e separava os bons à direita e os maus à esquerda. A representação dos bons foi inspirada nos rostos dos camponeses locais e os maus – homens de turbante, cimitarras e faces cruéis – os ameaçadores otomanos. Esquecida de tudo contemplava de um afresco a outro, ora detalhes, ora o conjunto. Muda. Um ângulo, outro ângulo. Mais luz, menos luz. Depois Moldovita, Humor, Sucevita, Arbore. Cinco pequenas capelas pintadas no mesmo período e incólumes passando ao largo das guerras de unificação, de duas grandes guerras, ao domínio comunista... estavam lá, estão lá, tombadas como Patrimônio da Humanidade, guardadas por freiras ortodoxas de vestes negras, pele clara e sorriso gentil. Nenhuma foto – das dezenas feitas naquele dia – conseguiu expressar o que a minha retina imprimiu. A alma capturou todas as imagens. Nada do que eu tinha lido sobre essas pinturas faziam jus ao que eu acabava de contemplar!!

A partir desse dia eu intensifiquei a minha pesquisa de pigmentos naturais, a base das minhas cores atuais. Dos mosteiros moldovitas, um pequeno avião, mais outro e mais outro. Finalmente ia chegar em casa. Defrontar-me com a realidade, o meu projeto de futuro. Não pensei em nada articuladamente, o meu inconsciente tinha amadurecido a questão. Sabia também estar refém da decisão de Francisco. Nessa viagem interminável, de milhões de horas, de milhões de salas-de-espera em aeroportos, eu nada podia fazer senão me angustiar. Recusava-me a acreditar em um cenário desfavorável. Marília percebeu minha tensão e tentou me animar, fazendo uma avaliação otimista. Minha intuição concordava com ela, as coisas acabariam bem. Mas era só intuição. Nenhuma certeza. E o tempo não passava! O último voo, o mais longo deles, cortou o velho continente e a imensidão do oceano, aterrissou e taxiou na pista. Desembarcamos, a esteira das malas, a Polícia Federal e, finalmente, o abraço emocionado de Francisco. Nenhuma pergunta. Apenas o brilho nos olhos, a pressão gentil de suas mãos nos meus braços a me conduzir. A ausência das crianças, o estar a sós proposital me deixou em suspense, mãos úmidas e um frio no peito. Nada perguntei. Permaneci em silêncio, os olhos brilhando, o coração ardendo, as mãos crispadas e geladas. Ele, ao contrário, tinha os gestos amplos de um homem feliz, o riso fácil de quem tinha acertado contas consigo mesmo. Ajudou-me a entrar no carro, colocou a bagagem no porta-malas e sentou-se ao meu lado. Em silêncio, olhou para mim, segurou minhas mãos e com a ponta dos dedos percorreu linhas imaginárias no meu rosto. Com gravidade litúrgica, de quem inicia a primeira oração de um ritual, falou:

— Sua ausência, a falta que você me fez, a saudade que senti de você reafirmaram a certeza do meu amor… Vamos para casa, nossos filhos, nossa vida nos espera.

Capítulo 8

[29 DE DEZEMBRO]

Acordo sobressaltada sentada na poltrona do avião; pescoço doendo e pés pesados. O sonho de poucos minutos atrás volta angustiante e nítido: um grande salão, eu sentada em frente a uma porta; estou cega, a cegueira momentânea provocada por um raio de luz na minha retina. Mais... o facho de luz me esconde das pessoas; elas passam por mim, conversam e não me veem, como se eu fosse um fantasma. Abaixo o olhar e posso ver pés rústicos pisando no terceiro degrau da soleira de uma casa de madeira. A visão em preto-e-branco se detém em um fio de sol batendo obliquamente nesses pés. De novo, o salão onde as pessoas entram sem me ver e, por mais que eu fixe o olhar, o feixe de luz cegante bloqueia tudo. Viro o rosto, fujo da luminosidade intensa e, então, posso ver duas mulheres – e uma está usando vestido verde escuro e tem longos cabelos anelados. Falam e falam, sem me ver. Não sei se as conheço...

Qual o significado dessa mensagem? Esquadrinho a memória em busca de respostas e nada. Aceito o café que me servem. Continuo a pensar sobre o simbolismo do sonho no qual a luz do sol não ilumina, ao contrário, impede-me de ver. É o oposto de vida! Repete a sensação real, eu vivendo cada dia pelo seu avesso. E os pés grosseiros, naquela escada de madeira de três degraus? Não eram os meus pés; eram masculinos, rústicos, iluminados por um raio de sol. A mesma luz cegante deixava aqueles pés brilhantes, poderosos... Eles transmitiam uma idéia de solidez. De apoio sustentando um corpo acostumado à dureza da vida, bem adaptado. Era tudo o que eu não tinha agora: pés sólidos, bem plantados no chão. Aquele símbolo era exatamente a minha busca. Talvez eu tivesse de ver menos, pensar menos, fincar mais os pés no chão – me diz o sonho.

A outra mulher, quem era?

Falava-me de traição e ameaças a moça de vestido verde, cabelos longos e anelados, a me ignorar, dar as costas durante o sonho. Interessante, a mulher do sonho não corresponde à imagem que tenho da namorada de Jorge!

O sol entrando pelas janelas do avião avisa da costa brasileira, da breve chegada. Com indiferença pego minha bagagem, desembarco, atravesso fiscais e filas até o táxi. Eis minha casa – suspiro, reconhecendo no dia claro de verão a fachada do edifício. Estou de volta. Mais um dia para lembrar-se de respirar a cada momento.

Acordo no meio da noite, uma cólica seca a perfurar o abdome. Rolo de lado, encolho as pernas esperando a dor cessar. Sonolenta, escuto os ruídos de chuva embalando o amortecimento precedente ao sono. Os pensamentos vêm e vão sem nem mesmo ser pensamentos. Fragmentos, asas batendo na mente e reverberando imagens. O sono retornava, amolecendo os pedaços do corpo quando uma nova contração, mais intensa, transpassa meu ventre. Contraio o abdome, respiro fundo, levanto-me. No banheiro vejo sangue; outra cólica e um grande coágulo se descola de mim, geleia pegajosa e quente, aliviando – com a sua expulsão – a dor lancinante. Olho para o vermelho escorrendo pelas coxas e o suor frio me avisa estar à beira do pânico e – paradoxalmente – feliz.

Aliviada por menstruar, reafirmando a condição de mulher à beira da menopausa, mas ainda produzindo hormônios, apaziguando a identidade feminina em crise, apesar de enlouquecidos nos últimos meses, sem ritmo e sem medida, cavando em mim poças de sangue, explodindo dentro do meu útero, liberando uma nuvem densa e vermelha nas minhas coxas, minha camisola, meus lençóis... Livro-me das roupas ensanguentadas e entro no chuveiro. O jato de água quente escorrendo pelo corpo vai diluindo o sangue até se esvaírem pelo ralo os vestígios do meu organismo desequilibrado. Fecho a ducha e ouço a chuva permanecendo nas janelas. Envolvo-me em um roupão e saio à busca de absorventes, analgésicos e roupa quente. Como será dessa vez? – pergunto-me. Apenas um sangramento normal ou uma hemorragia?

Haverá algum remédio capaz de detê-la ou me tornarei nos próximos dias refém do meu útero, presa ao seu ritmo ensandecido de contrações? Esses meses têm sido complicados.

Sinto-me insegura, sem controle sobre meu corpo; o desequilíbrio biológico interrompe qualquer fluxo de prioridades. Restabelecer o antigo equilíbrio torna-se quase o único objetivo. Faço uma xícara de chá e vou para a sala. Escura e silenciosa. A chuva está cedendo e, pouco a pouco, a dor também. Continuo imóvel, encolhida na poltrona, onde os hibiscos estampados no tecido se desbotaram há muito. Entre o sono e a vigília, vou percebendo os barulhos do amanhecer: os primeiros pássaros, o canto do galo, um rufar de asas, espantando a água das penas. Outro e mais outro canto... o sono chegando. Hora de voltar para a cama, para o calor do corpo de Francisco.

Acordo algumas horas depois ao som do telefone. Atendo sonolenta e não reconheço a voz, de sotaque leve, perguntando por mim. Do fundo da memória surgiu uma possibilidade. Hector. Era ele! Queria me ver. Depois de tantos anos... surge Hector. O primeiro amor.

O homem que chegou ao sítio algumas horas depois, surpreendeu-me ainda mais: portava uma mochila, um cajado e uma imensa tatuagem de borboleta na testa. Usava uma camisa vermelha e o mesmo sorriso de belos dentes na boca carnuda e sensual. Os olhos pretos e grandes se fixavam em mim, como pedindo para serem decifrados. O porte alto, os ombros retos e firmes e o cabelo negro encaracolado em poucos fios brancos, ainda faziam dele um espécime atraente e exótico. Ainda era o belo homem – o mesmo encanto e sedução da minha adolescência, mas um profundo fosso havia se criado entre nossas vidas, percebi depois. Eu havia amadurecido me integrando à sociedade; ele se afastado ainda mais.

— Tornei-me um andarilho, abri mão do trabalho e profissão, da posse de bens materiais. Vivo da solidariedade das pessoas, do contato com a natureza, em busca do aperfeiçoamento espiritual... Há muito tempo comecei a ter visões e elas me diziam para viver sozinho, errante!

Hector continuava um grande contador de histórias e, naquela tarde, sentados no meu ateliê com uma caneca de chá entre as mãos, foi me contando a história de sua vida. Absorvida, só percebi atravessarmos a tarde ali, quando se tornou tão escuro que o seu perfil se borrava com as sombras. Impressionava-me em Hector a sua coerência em manter uma vida alternativa há três décadas. Não tinha muito mais do que uma mochila, uma rede e algumas peças de roupa. Em um movimento fugaz, quase imperceptível, enquanto eu lhe mostrava uma peça no tear, ele pousou sua mão sobre a minha e me falou da razão da sua visita: uma visão. Uma mulher-deusa, eu, uma sacerdotisa com um longo vestido vermelho e tranças escuras nos cabelos. Uma imensa pedra de rubi fulgurava na mão esquerda estendida para ser beijada.

— Para mim, a mão estendida, o beijo em seu anel significava uma aliança, uma comunhão, um casamento. De um homem com uma mulher. Com a mulher-deusa! De um peregrino com a Deusa. E tenho vivido desde então, por mensagem divina, de adorar essa mulher. Amor sagrado! Fiz da tua procura e do teu encontro a razão da minha vida. Não poderia viver amalgamado a uma visão. Precisava encontrar-te, buscar minha utopia. A visão da Deusa a ser adorada; você, a Deusa; a possibilidade de inscrever um círculo sagrado entre nós preenche minha vida desde então. Eu já te amei no passado. Tu também me amaste. E a lembrança desse sentimento preenche e dá sentido aos meus dias. Encontrar-te. O contraponto da utopia, essa outra deusa, é buscar a sua negação, transformá-la em realidade. Nesses dois anos, essa foi a minha batalha, lutar contra a utopia. Fazer de cada dia, um dia de busca. Primeiro, deixei meus instintos sinalizarem e – nas minhas meditações – eu me concentrava na visão, na Deusa de vestido vermelho, pedindo-lhe para me mostrar o caminho até você. Quanto mais eu me fixava em ti, novas visões iam surgindo. Em muitas delas tu aparecias em meio à natureza, árvores e rios. Então decidi ir a Monte Azul. A *abuela* ainda vive lá, lembra-te dela? Está velha, desligada da realidade, não conseguia lembrar-se de ti. Eu gastava minhas tardes provocando suas lembranças, ouvindo suas histórias, até começares a aparecer nelas. No começo não te percebi. Eram tantas as meninas a chegar e partir que o calendário se embaralhava na sua cabeça confusa. Mas em algum momento, eu soube seres a menina magra de cabelos crespos, de especial talento nas oficinas de cerâmica. E na cabeça da *abuela* começaste a tomar forma e eu pude reconstruir teus dias depois da minha partida. Como querendo me provar, exigir mais, a Deusa fez as visões desapareceram e eu fiquei vazio de ti. Ah! Os teus passos pela cidade grande. Quase enlouqueci. A cidade é cruel com os seus peregrinos, desorienta, confunde sinais e caminhos. Muitas vezes desanimei, sentia a jornada inútil, seria impossível encontrar-te. Então eu me refugiava no templo, jejuava, orava para ela não me abandonar e me conceder a divina graça. Muitas vezes ela zombou de mim, ignorou-me. E eu fiquei preso, asfixiando-me pela fumaça preta, inerte, meditando. Sabia não poder sair; estavas lá e eu te encontraria. E eu te encontrei de uma maneira bizarra, pela mão da Deusa, pela mão do vento. Em uma tempestade de verão o vento me entregou, em plena rua, um folheto anunciando tua exposição em uma galeria de arte. Tua foto, teu nome. E esse mesmo vento trouxe a chuva e eu continuei parado, na rua revolta de vento e água, de papéis navegando por enxurradas. Olhava para a tua foto, via as feições se molhando, borrando, desfazendo-se e se transformando na mulher de vestido vermelho e tranças escuras nos cabelos e o rubi na mão. Não sei quanto tempo fiquei ali, parado, sob a chuva. Ou talvez nem fiquei parado, sei lá, andasse sem rumo no teu rumo. Tu estavas em cada esquina e o vermelho do teu vestido se confundia com o luminoso dos letreiros das vitrines. Eu te perdia para reencontrar-te no próximo néon. Não sei como voltei ao templo, só me lembro do quarto do hospital, da dor para respirar, da pneumonia. A Deusa tinha me mostrado um caminho a seguir; encontrar-te seria questão de tempo. E estou aqui tentando captar a mensagem enviada pela Deusa... Sinto-me purificado. Não tenho desejos profanos, mas eu preciso estar ao teu lado; cumprir a missão da minha vida. A isso fui destinado: a estar ao teu lado. Nossa primeira jornada juntos, há tantos anos, era um desígnio dos céus, mas não percebi e parti, acreditando no paraíso em desconhecidas terras. Ah! Se eu soubesse como estava equivocado... Teria ficado, sendo teu esposo, tendo nossos filhos, os pequenos sacerdotes da Deusa. Mas o destino não quis assim. Teus filhos são com outro homem e a mim, cabe apenas adorar-te.

Estava atônita! Seria uma mensagem real, sagrada ou tudo era loucura da cabeça de Hector? Teria, como ele disse, a Deusa me usado para falar com ele? Confusa, não atinava a relação entre a visão dele e a minha vida. Afinal, o que Hector queria comigo? A conversa dele não era clara. Precisava perguntar mais, entender o fio da meada.

Chegar em casa é ambivalente: por um lado há a alegria por reconhecer-me pertencendo a um lugar – depois das sensações de estranheza em Londres – e, por outro lado, há a tristeza pela ausência de Jorge. Esta sempre foi a nossa casa, o lar partilhado... Deixo as malas na sala e me desfaço das roupas pesadas da viagem; descalça, jogo-me no sofá. Meu olhar passeia pela parede da sala, se detém na escultura do canto e retorna às paredes, aos quadros. Um a um, vou identificando suas histórias: Aquele, Jorge comprou na Índia, em uma viagem há três anos. Viajou sozinho ou levou a namorada? – pergunto-me. Era a mesma mulher ou outra? Outras existiram antes dessa, aquela por quem valeu a pena abandonar tudo, inclusive os quadros? Um homem compra objetos de arte para sua casa quando está pensando em abandoná-la? Essas peças ficarão aqui ou Jorge voltará para retirar as mais significativas? Como uma espiral, as perguntas se envolvem e se continuam, uma sobre a outra fundidas na grande espiral: a ausência de Jorge. Céus, teremos de viver alguma partilha? Oh, não, seria humilhante; uma outra separação! Ou poderá ele abrir mão de seus objetos e recomeçar sem nenhum resquício do passado nem mesmo seus quadros? Algumas vezes, na empresa, ouvi colegas me falando da separação com um estranho altruísmo, "abandonei tudo, levei apenas uma mala e meus quadros". Sempre me intrigou essa partilha de obras de arte, soava-me irônica, um gesto de falsa benevolência. Inquieta, levanto de sobressalto e me ponho a andar pela casa, inventariando os pertences dele: os quadros na sala, livros e CDs no escritório, outras peças de arte, sua poltrona de trabalho. Haverá algum arquivo no computador ou ele já transferiu tudo? Não, não quero verificar agora.

Entro no quarto e abro seus armários, há um vazio de roupas embora muitas permaneçam nos mesmos cabides. Um matiz entre cinzas, pretos, marrons, areias e marinhos; manchas brancas; sapatos, peças de inverno, seu traje de velejar. Intrigada, tento, pelo estilo das peças retiradas, ter uma pista de onde ele estaria agora. Não está no barco, seus objetos de velejar estão aqui, nem deve estar fora do país, pois seu sobretudo, luvas e chapéu de inverno estão no mesmo lugar. Bem, talvez esteja aqui mesmo, em São Paulo, vivendo na casa dela. Então, foi proposital não ter respondido à mensagem deixada na sua caixa postal. Um impulso qual corrente elétrica me fulmina, um desejo de falar com ele e diminuir essa saudade insana.

Inerte e confusa, sentindo os efeitos do fuso horário e da noite mal-dormida no avião, entorpecida pelo silêncio da casa, deixo a saudade de Jorge chegar e me envolver. Jogo-me na cama e me encolho, observando o dia a se escoar cheio de sol e azul. Queria ver Jorge, contar-lhe sobre o meu encontro com Santiago, do novo apartamento dele. Não, não é de Santiago que quero falar... é da minha saudade, do meu desejo e do meu amor por ele. Ou talvez não dizer nada, apenas tocá-lo, fazer amor com ele. Como encontrá-lo e dizer todas essas coisas? Céus, e se ele retornou a mensagem enquanto eu estava em Londres? Pulo da cama e corro até a secretária eletrônica; a luz piscando sinaliza novas mensagens. A angústia espalhada no ar se condensa em um punhal, provocando um espasmo de dor, um soluço de medo. Minhas mãos estão úmidas enquanto aperto o botão; a primeira é apenas uma mensagem de Natal, depois outra e mais outra, um recado de Marília e mais nada. Nenhum sinal de Jorge!

Num átimo, a esperança duramente construída se desvanece; sinto frio nascendo no âmago do estômago e se espalhando pelas veias como se o sangue, em sístole, tivesse paralisado e congelado minha vida naquele clique final da máquina. Nada para se iludir. Por que viver, então? – pergunto-me. Por que levantar cada dia, enfrentar a tarefa de arrastar e cuidar desse corpo envelhecendo? Olho para as pernas firmes de tantas horas de ginástica e vejo a pele se esquecendo em pregas e em pequenas manchas castanhas. Aperto a coxa e constato o tônus muscular perdendo a firmeza, deslizo a mão em direção ao púbis e sinto a gordura murcha onde os pelos raleiam, afinam-se e descoram; desvio e desço o olhar para os pés, uma veia em relevo marca o contorno do tempo. Sempre as marcas do tempo! A mesma veia reproduzida no dorso das mãos miúdas, murchas e ossudas. Não gosto das minhas mãos, nunca gostei. Pequenas demais, dedos curtos a se acabar abruptamente em unhas amorfas. Pigmentos castanhos mancham a pele dos braços, ainda ágeis. Meu olhar caminha para o ombro e se reflete no espelho. Encaro olhos tristes, inconsoláveis, antes imensos, escuros, vibrantes e, agora, pequenos e baços, perdidos nas pregas, feitas pelos anos, nas pálpebras; fracos, gritam por lentes quando a nitidez se faz necessária. Como reconstruir uma vida com um corpo em decadência, como uma ferramenta velha? Meus olhos ardem, minha cabeça lateja como se esmagada por uma imensa tenaz, meu coração começa a bater inquieto, fora do ritmo. Estou muito perto do pânico. Como uma mulher que enfrentou tantas negociações difíceis, tantas situações de extrema pressão sucumbe assim, ante a um abandono – pergunto-me, patética. Inerte, com as emoções dilaceradas na casa vazia, deixo a mulher racional assumir o controle da situação: leve-me ao banho, restaurando as batidas cardíacas, o fluxo normal da vida. E quando o banho acaba é ela quem descobre um iogurte e alguns biscoitos para me alimentar e me põe na cama para dormir.

Precisava ficar sozinha, meditar sobre as últimas horas. Mesmo escurecendo, caminhei até a grande pedra branca, sentei-me e fiquei esperando a Lua nascer. A noite trazia uma brisa fresca acalmando o coração extenuado pela subida. Tentava buscar a Deusa e entender a sua mensagem. Haveria alguma? Por que usar Hector? Eu não podia acreditar ser ele um mensageiro, não havia sentido nisso... Mas poderia haver? Poderia ele ser realmente um portador? Mas que mensagem ele me anunciou? Nada! Hector não disse nada a me sensibilizar, apenas me contou das suas relações com o sagrado. Meu envolvimento nessa história é circunstancial, não se reflete em mim... Respiro, entendendo tudo. Olho para a Lua nascente e me sinto capaz de lidar com Hector; posso voltar para casa e servir o jantar.

Durante o jantar apresento Hector à minha família. Francisco se incomoda com tal personagem vindo do meu passado. Não sei se ele o ameaça. Fala pouco, escolhendo palavras. Já os meninos cravam-no de perguntas, incorporando suas andanças as suas fantasias, transformando-o em um super-herói particular. Mais tarde, a sós com ele e Francisco, eu o questionei à busca de uma razão para sua vinda.

De permeio à história da minha procura, falou das convulsões, das crises a lhe acometer de tempos em tempos e do remédio rotineiro para evitá-las. Aquilo fez sentido para mim e explicava Hector. Um cérebro doente. Explicava suas visões e o seu lado místico ficou mais humano e mais compreensível. Eu era apenas mais um elo registrado na sua memória e trazido à tona pelo seu cérebro em um desequilíbrio; um curto circuito – as suas visões. Ele voltou a falar da visão da sacerdotisa de vermelho e argumentando ser seu lugar ao lado dela, pediu para ficar vivendo conosco. A surpresa tomou conta da minha expressão e muito mais a de Francisco. Vi-o arregalar os olhos, contrair as faces, suas mãos se crisparem no braço da poltrona e antes de qualquer reação, eu me adiantei.

Tentei mostrar a nosso hóspede a inconveniência da sua proposta. Viver ao meu lado era a sua utopia e ele não tinha derrotado a Deusa perversa, aquele era o seu destino e ele devia aceitá-lo.

Quando terminei de falar, olhei para Francisco e percebi as linhas de tensão relaxarem um pouco na sua face. Pedi-lhe para acomodá-lo no quarto de hóspedes e rumei para o meu quarto. Precisava desabafar com meu marido, dividir com ele toda a história, todas as minhas impressões. Mas o homem que retorna ao quarto pouco depois não quer conversar, nem ouvir. Traz ainda na face e nos gestos o espanto de quem foi agredido no mais caro da sua estrutura: a posse da mulher. E ele precisava me dizer isso, reafirmar sua posse sobre mim na mais primitiva das linguagens. A linguagem sexual. E o homem a me amar naquela noite não fez concessão alguma. Exigiu tudo, a entrega mais completa, mais submissa, reafirmando a cada toque a sua condição de meu senhor e meu homem.

A mulher está deitada na areia, protegida por uma saliência da pedra. A luz suave da madrugada começa a iluminar seu rosto, enquanto a massa de cabelos se confunde com as sombras e pedaços de sua saia vermelha escapando das dobras da manta. Ela acorda, senta-se, esfrega os olhos, ajeita o xale sobre os ombros e vai olhar as cinzas da fogueira. A expressão do seu rosto, antes sonolenta, fica alerta; ela as remexe com um graveto e um imenso sorriso se instala no seu rosto, levanta os olhos em direção ao horizonte, com as mãos protege-se da luminosidade do sol rasante e perscruta o caminho - vê apenas areia e a linha de fogo do sol se erguendo no céu. Mesmo assim sorri; o silêncio do deserto, a imobilidade da paisagem parece lhe mostrar mais um dia como qualquer outro; ela olha mais uma vez para a fogueira apagada - seu oráculo - e tem a certeza: será um dia especial. As cinzas marcaram a chegada do amado. Acaricia o cachorro (um presente dele) e levanta a cabeça estampando a expressão determinada. A espera terminou, há muito por fazer...

A mulher com o corpo nu coberto pela manta deixando os ombros à mostra; olha o teto da sua tenda de panos amarelos intercalados com panos coloridos por minúsculas flores, amarelas também. De panos são as paredes, seu abrigo e agora, desamarrados e soltos, flutuam ao vento em uma dança solitária ao sol do deserto. Há uma intensa luminosidade na tarde e a mulher está feliz; sente o cheiro de tabaco envolvendo-a e olha para o homem deitado ali. Ele lhe sorri, estende os braços atraindo-a para um beijo e isso é tudo que importa - seu cheiro de tabaco, seu abraço de mãos ternas, seu beijo molhado. Ela olha para cima e vê o balé amarelo dos panos; flutua, perde-se naquele abraço, naquele corpo colado no seu. Ele estende a mão, acaricia seu seio, aperta-o docemente...

De repente, acordo e vejo a mesma luminosidade da tarde, mas os panos esvoaçantes se foram. Meu corpo guarda ainda a pressão da mão no meu seio, a textura do abraço, o suor do corpo daquele homem, do prazer imenso. E foi só um sonho. Fecho os olhos e tento recapturar a sensação perdida. A imagem da cigana de longos cabelos negros e saia de damasco vermelha ocupa a minha retina. Vejo-a deitada, abraçada a um homem de barba cerrada e sorriso terno, de mãos longas e perfume de tabaco; as pernas entrelaçadas, o ritual da entrega. Imagens de uma tenda esvoaçante, de almofadas sobre o tapete, de dois corpos se amando. Encolhida, imóvel, deixo-me ficar, saboreando aquela sensação e vendo a luz ir mudando lentamente na janela. Eu era aquela cigana, sabia disso. A mulher primitiva, sensual, oriunda do deserto, com as cores da terra, do fogo e da madrugada, que sabe amar; amar voluptuosamente. Era uma mulher bonita, cheia de vida e de certezas instintivas. Essa mulher me fazia sentir inteira. E a pergunta surgiu imensa: em qual momento eu comecei a sufocar a cigana dentro de mim? Por que eu nunca lhe permiti aflorar, fazer parte de mim? Por que eu sempre sufoquei os meus instintos? Temi ser esmagada por eles sempre, como se a minha natureza só pudesse me destruir. E no lugar da bela cigana de cabelos longos e saia de damasco vermelha surgiu a bela executiva de cabelos retos, *tailleurs* azulados e sorriso triste. Uma moldura refinada para uma mulher vazia! Jorge e eu guardávamos estreita semelhança: moldura adornando moldura! Quando o primitivo homem do deserto foi despertado por alguma cigana de saia de damasco vermelha ele se sentiu completo e agarrou-se a esse presente que a vida lhe oferecia. Jorge está certo. Não consigo ter mágoa por ele. Seria possível ter feito as coisas diferentes? Seria possível, trazendo o medo no coração, a dor por Ivan, ter me envolvido com um homem mais instintivo que Jorge? Naquele momento da minha vida eu estava madura para uma relação mais exigente? Não, certamente não! Só sabia não querer reviver a experiência de perder a pessoa amada para a luta armada e depois para os subterrâneos policiais do país. Hoje o tempo me dá maturidade para entender, mas não se conserta o passado; só é possível compreendê-lo, aprender com ele. Nada mais a fazer. Aceitar, parar de se culpar.

Estranho, fiquei tanto tempo sem sonhar! E hoje, sonho por duas vezes o mesmo tema: mulheres. A outra e eu. Duas mulheres sensuais! A sensualidade foi a mulher escondida pela máscara das outras mulheres que fui. Fui uma profissional, as outras mulheres foram pálidas, anêmicas, quando puderam nascer. A mulher-amiga se contentou com o afeto de Marília durante anos e foi tímida com Lenira; só quando ela já estava condenada eu a amei, agi como sua irmã mais velha, cuidei dela. A mulher-amante foi um arremedo – nunca me envolvi com Pedro Henrique. Brinquei, deixei-o me mimar, apaziguar minha auto-estima e quando ele pediu algum afeto sincero eu o deixei. A mulher-esposa fez do casamento um pacto, selado pela ambição profissional. Interessante para ambos. A mulher-mãe não foi muito diferente – figura inexpressiva, desorientada, equivocada. Padecia da mesma falta de entusiasmo com o afeto maternal, teve medo de amar Santiago. A mulher-filha foi, com certeza, meu maior fracasso. Fui abandonada pela mãe desde o útero, cresci sozinha e em silêncio, buscando respostas às minhas perguntas, fabricando ecos, perambulando por corredores imaginários, criando personagens. Nasci velha, dando conta de mim em uma casa grande, ilhada geograficamente, isolada emocionalmente de outras crianças e do afeto dos adultos. Foi essa solidão o fio condutor da minha vida, talvez não tivesse sobrevivido se eu não tivesse construído tantas couraças de proteção. Não saberia ser de outra forma. Repeti com o meu filho esse mesmo abandono? Santiago carrega o mesmo vazio a me destruir? Construímos um abismo entre nós? O que eu fiz com a minha vida? Como pude fracassar tanto? Como um bisturi de corte fino e preciso, continuo dissecando meus sentimentos. Sou implacável nessa busca do entendimento da própria dor, de conhecer seus contornos, perfurá-la e assim vitalizá-la. A minha única possibilidade de cura, a esperança de reconstruir outro projeto de vida é escarificar essa ferida. Volto para a sala, coloco a Nona Sinfonia e deixo a sua tristeza amparar a minha. Derramo vinho em uma taça, permito a doçura dos violinos no adágio me envolver. Muitas vezes colocava essa música para Santiago dormir e ficava ao seu lado. Foram os melhores momentos da minha vida. Se eu ainda fosse uma mulher fértil, engravidaria, teria outro filho, aprenderia a amar do zero.

O telefone toca e me assusta. Já existe o sentimento de morte, de não pertencer mais a esse mundo, de ter cortado vínculos. Por que alguém me telefonaria? – pergunto-me, antes de atender. Era um dos filhos de Dona Nininha, avisando-me sobre o ataque cardíaco, a hospitalização. Vou vê-la, decido. E sobrevém o conforto em ter um rumo. Olho para as minhas malas ainda intactas e, determinada, coloco-as sobre a cama. Inicio o processo de refazê-las. Tenho feito esse movimento repetidamente nos últimos dias.

Capítulo 9

[30 DE DEZEMBRO]

Vou direto ao hospital quando chego à pequena cidade onde vive Dona Nininha. É quase meio-dia e o sol de pleno verão brilha intenso, tornando o dia carregado de contraste claro-escuro. A fachada secular do antigo hospital – imponente frontão do começo do século XX, com paredes amarelas de pé direito alto, grandes janelões brancos e telhas de barro vermelho cobrindo os dois andares –, é inteira iluminada pelo sol. Imensos *flamboyants*, com resquícios da florada vermelha, desafiam o passar do tempo e o sol, esparramando sua sombra de renda no chão. Desço do carro e permaneço alguns instantes usufruindo do frescor da árvore e reunindo forças para entrar. Estou cansada pela estrada, noites mal-dormidas e longas horas no avião; os músculos tensos e doloridos. Alongo o corpo e respiro. Esta viagem é peculiar: nas outras, Santiago vinha comigo e, de quando em quando, Jorge também. Sempre havia um bolo de chocolate e uma casa de avó nos esperando, onde sofás adornados com rendas delicadas de crochê e mesas com vasos com flores de pano, davam um ar familiar e antigo às nossas visitas. Visitas curtas de sábado. E nos faziam um bem imenso! Nós, oriundos da cidade de trânsito intenso, de vidro e aço, de casas e escritórios carregados de invenções tecnológicas, por algumas horas nos deparávamos com uma realidade perdida no tempo, nessa cidade esquecida pela modernidade e sentíamos na pele ser possível experimentar uma outra maneira de viver.

Frequentemente, eu e Jorge planejávamos incorporar esses valores às nossas vidas. Foi desse tempo a compra do sítio e a construção da "Casa do Galo de Vento". Foi um projeto inspirado no bucólico com um viés na modernidade, adequada aos nossos desejos, pois sabíamos impossível abrir mão de valores urbanos. A casa, apesar de ficar em um lugar selvagem e a adorávamos por isso, incorporou as tecnologias do nosso cotidiano. Há muito cobiçávamos aquele lugar, tínhamos um carinho especial por ele. Era a casa de campo dos pais de Marília e a frequentávamos de quando em quando; foi lá, em um feriado de inverno, que Jorge me pediu em casamento. Alguns anos depois, no inventário, ela foi posta à venda e nós a compramos. E, com a estrutura comprometida, a demolimos.

Foram anos felizes aqueles. O fato de Marília e Francisco serem nossos vizinhos e o ar de aconchego do local criaram em nossa mente, o ideário de refúgio paradisíaco. Rapidamente fizemos o projeto da nova casa e começamos sua construção. Cheia de detalhes em madeira e grandes janelas de vidro para podermos estar com a natureza ao alcance dos olhos. Enquanto as paredes iam subindo, íamos incorporando a vegetação nativa ao nosso projeto de jardim e, ao mesmo tempo, acrescentávamos novas espécies, adquiridas nas floriculturas sofisticadas descobertas pela cidade. Foi uma tarefa surpreendente tentar fazer um jardim, as dimensões fugiam do nosso controle. Trazíamos – e fazíamos isso todo fim de semana – todas as caixas de mudas cabíveis no porta-malas do carro e quando colocadas na terra ocupavam área tão ínfima, tornando a construção daquele jardim uma tarefa de Hércules. E foi se colorindo de azaléias, rico em hortênsias, lírios e agapantos. Roseiras e dálias. Algumas vezes nos hospedávamos na casa de Marília e Francisco, em outras, numa pousada vizinha. Durante quase dois anos nossa atividade de lazer se voltou para aquele pedaço de terra. Fazíamos grandes caminhadas pelas trilhas da floresta buscando descobrir os lugares mais interessantes. Descobrimos e batizamos o Morro da Princesa, a Cachoeira do Dragão, a Trilha do Pau-Rosa, o Pântano da Amazônia... enfim, fomos criando a nossa própria geografia e construindo um novo mapa-múndi. Sim, porque para nós aquele era o nosso mundo. Foi complicado escolher o nome. Nenhum tinha a sonoridade requerida. Uma notícia de jornal sobre a presença europeia na Coreia foi decisiva. Completava a matéria uma foto de uma vila inglesa, focando um grande casarão com uma torre onde foi instalado um galo de folha de flandres, apoiado sobre uma cruz com os pontos cardeais. Coincidência: tínhamos colocado um igualzinho na cumeeira mais alta do nosso telhado. E a *Wheather Vane House* de lá foi adotada por nós. Pronto! Tínhamos um nome com a sonoridade perfeita: Casa do Galo de Vento! E ela ficou pronta, decorada e batizada conforme nossos sonhos. Eu, sem cultivar a nossa casa oficial, deixando-a sempre aos cuidados de empregadas e cozinheiras, ali me tornava uma dona de casa feliz.

Foi dessa época a descoberta do prazer de cozinhar, da pesquisa de receitas culinárias, dos ingredientes especiais, dos estranhos utensílios de cozinha. Na cidade, a casa era muito mais um abrigo, um suporte à atividade maior, o trabalho. Ali não; ali desfrutávamos de uma vida familiar intimista, no qual o estar-em-casa e explorar os espaços a ela ligados era o mais importante. Foi, depois da gravidez, outra melhor época do nosso casamento. Mesmo a nossa vida sexual, desgastada pelo cotidiano de anos de casamento, renovou-se. A natureza exuberante estimulava a minha libido. Lembro-me de uma tarde de verão, quente e abafada como esta. O calor e a umidade transformavam o ar numa gelatina úmida e pegajosa, e era impossível estar no interior da casa. Três horas! A hora mais quente do dia. Um banho de cachoeira seria a única coisa agradável a se fazer. Toalhas ao ombro, vencemos com determinação os 15 minutos de caminhada pela estrada, sob o sol escaldante. Quando alcançamos a trilha onde começava a floresta, tudo foi mudando. A sombra projetada pelas árvores mais altas formava uma camada de ar fresco e, quanto mais adentrávamos, mais densa era a floresta e mais distante se tornava o calor do sol. Alcançamos a cachoeira e, mal tirada a roupa, mergulhamos nus.

A água gelada e turbilhante nos envolveu. Era uma sensação deliciosa – mergulhar e sair embaixo da queda d'água e se deixar arrastar por ela. De novo mergulhar, brincar, enroscar-se em Jorge e de novo se afastar. Por fim, exaustos e gelados, espichamo-nos na grama, a secar ao sol. Pequenas gotas de águas se tornavam diamantes efêmeros sobre a pele arrepiada pelo contraste de temperatura. E pediam um toque. Minha mão buscou algumas gotas nos ombros de Jorge e foram se metamorfoseando em carícias. O desejo surgiu espontâneo, natural e intenso. A natureza exuberante era a moldura perfeita e foi uma mulher livre que se debruçou sobre o corpo de Jorge, entrelaçando pernas, iniciando a dança a conduzir às estrelas, a bocas molhadas, a unhas rasgando torsos, buscando a entrega mútua e total, o desvendar do outro em toda a sua geografia. Fizemos amor de maneira selvagem, ousada e deliciosa. Quando tudo acabou, exaustos, rolamos pela grama e deixamos o coração se acalmar. Talvez deva enfrentar a morte, sei disso, enquanto entro no hospital.

Não sei se Francisco disse algo a Hector na noite passada. Percebi um ambiente tenso e carregado à mesa no café da manhã. Ninguém falava; ouvíamos as notícias pelo rádio a nos falar de chuvas de verão deslizando morros, ruindo casas, matando e desabrigando pessoas. Era a mesma notícia todos os verões, mudando apenas o nome do local atingido. Desinteressada, concentrei-me no meu problema atual: teria de hospedar Hector durante alguns dias, mesmo com o risco de deixar meu marido enciumado e mal-humorado. Ele era minha questão e eu tinha de fazer algo, quanto mais cedo eu afastasse os dois homens, menos tensão no ar. Surpreendentemente, Hector anunciou estar partindo, tão logo o café da manhã terminou. Céus, Francisco tinha sido duro com ele! Isso eu jamais saberia. Chovia muito quando Ana e eu o deixamos na rodoviária. Apresentava uma expressão indecifrável, mas eu não podia fazer mais nada por ele; não havia nenhum ponto de mescla entre nós. Melhor ele partir e continuar sua peregrinação pelo mundo em busca das suas divindades.

Ana era a mais bela das minhas filhas. Tinha os traços do pai – alta, de longos cabelos loiros e olhos cor de mel. Rosto anguloso destacando a pele sempre muito rosada, como um bebê saciado de mamar. Falava baixo em um tom determinado, tendo um jeito especial de pontuar suas frases, como para sabermos exatamente o seu significado. Sua grande qualidade, no entanto, não era a beleza; era a segurança. De saber exatamente a medida dos seus desejos e de lutar para consegui-los. Era uma guerreira. Não tinha a sagacidade da irmã; em contrapartida, era dona de uma persistência invejável quando lhe convinha. Estava há uma semana conosco e, a cada período de férias, eu observava novas nuances na sua personalidade em formação. A cada dia mudava menos; era mais sólida. Mas hoje eu pressentia, ela desejar ser apenas a minha filha. Gêmeas são assim:

têm a identidade dividida desde o nascimento, sempre metades de algo maior. Às vezes, precisam se saberem especiais. Ana me queria para ela hoje, todos os seus gestos me diziam isso. Essa era a melhor parte da maternidade, a companhia, o prazer de estar junto. Sem se importar com a chuva, pusemos-nos a procurar uma poltrona para seu quarto. Andamos, cortamos ruas molhadas e lojas vazias, a cada porta iluminada, primeiro um ar de ansiedade logo substituído por outro de frustração, nada a agradava. Em uma das ruas cruzamos com um velho chinês a assoviar música em um papel de seda. Inusitado, porque chineses são sempre discretos, raramente chamam a atenção sobre si, mas este era velho o bastante, concluí ao reconhecê-lo – era o pai de Tsai Yung. Ana jamais soube dessa história e, mesmo para mim, ela não conta mais. Está guardada no passado, em alguma caixa de recordações. Faz tanto tempo! Estranho, eu me lembrei dela e, hoje encontrarmos o velho chinês. Pressentimentos!

E esse detalhe foi decisivo na escolha de Ana de um restaurante chinês para o nosso almoço. Mesas de restaurante sempre são um espaço aberto à confissões, àquelas conversas soltas nas quais falar das emoções é tão natural quanto se levar comida à boca. E Ana tinha algo a me contar. Pelas tergiversações compreendi não ser algo fácil para ela. Perguntou-me se, depois de ter conhecido seu pai, eu tinha me sentido atraída por outro homem. Ah, então é isso, disse a mim mesma. Ana conheceu outro homem e isto mexeu na relação dela com Otávio. Com a sapiência instintiva de mãe, eu a encorajei a começar.

— Foi agora, em outubro, que tudo aconteceu. Naquela semana de folga da universidade. Eu tinha um estágio de sociologia para fazer, você se lembra, e com duas amigas fomos para um acampamento de sem-terra, no sul do Estado. Tínhamos por tarefa uma série de entrevistas, avaliar a produção, comercialização, crédito. Mais: fomos orientadas a ter um olho em códigos sociais como casamentos, festas, namoros… enfim, como eles haviam organizado sua vida, de uma maneira geral. Chegamos lá em um sábado, na hora do almoço e nos instalaram em um alojamento para hóspedes, logo na entrada da fazenda. Um quarto coletivo com dois beliches, paredes de madeira, chão de cimento cru. Tela nas janelas. Havia mais um quarto, um banheiro e um salão com uma mesa de tábuas rústicas e dois bancos compridos, onde as refeições eram servidas e, no outro lado, uma estante formada por tábuas pregadas na parede, uma tevê com uma imagem cheia de chuvisco e um sofá velho. Muitos livros sobre a questão agrária, outros sobre manuseio no campo, desde hortaliças, culturas extensivas, pequenos animais... Muito parecido com os livros de papai em seu escritório. Para mim, vivendo aqui no sítio, estar naquele lugar constituía uma experiência menos deslumbrante do que para as meninas urbanas. A paisagem era diferente, claro. Aqui temos montanhas e lá, no alto do planalto, era um horizonte sem fim. Havia também um ar de improvisação característico de todo o acampamento: nas construções, nos cercados, nos caminhos, na lavoura plantada. Muito diferente do aspecto perene do nosso sítio. As pessoas, não. Não tinham ar algum de improviso estampado nas faces e sim determinação e energia impressionantes. Perceber isso me fez respeitá-las e admirá-las de imediato. Naquela noite haveria um forró no galpão, a poucos metros do nosso quarto. Eu poderia amar ou odiar o programa, mas não podia ficar indiferente, pois o som alegre entrava pelos ouvidos, pela pele, aumentando a minha adrenalina em um nível mais alto desde a minha chegada.

– Ah, mamãe, foi loucura aquela noite! Você sabe: eu nem sei dançar direito. Forró, menos ainda, mas foi impossível passarmos despercebidas; todos pretendiam dançar conosco e acredito, dancei com todos os homens disponíveis, independente da idade – desde o velhinho de cabelos brancos até o moleque sem barba. Eu me diverti muito. Mas com um homem, em especial, eu dancei mais. Paulo. Fiquei impressionada com seu corpo, de músculos perfeitos, conseguidos no trabalho pesado do campo, sua agilidade para dançar, conduzindo meu corpo no ritmo rápido do forró. Falamos pouco em meio àquele barulho, mas me senti atraída por ele desde o primeiro passo da dança. Ele segurou minha mão no caminho de volta e me convidou para passear no dia seguinte. Pela manhã, mesmo com nossos músculos arrebentados da dança, começamos as atividades da semana. Ao entardecer, Paulo apareceu para nos chamar para um banho de rio e a atração reapareceu inequívoca; escurecendo, no caminho de volta, ele foi se deixando ficar mais atrás e, protegidos pela curva da estrada, deu-me um beijo. E me percebi correspondendo, querendo mais. E o retorno foi ficando mais lento na magia de uma noite com seus escuros a nos envolver e proteger. E nos beijávamos, rindo e brincando em uma sensualidade ingênua e espontânea de dois corpos atraídos. A segunda-feira, o começo da semana, fez com que mergulhássemos em uma atividade desvairada e curiosa. Andamos pela fazenda, entrevistamos, perguntamos, fotografamos, observamos. Ao final do dia estávamos esgotadas e ainda era necessário trabalhar no material coletado: ouvir fitas, ver o filme e ainda preparar o roteiro para o dia seguinte. Quando estruturamos as linhas básicas do trabalho na universidade era algo abstrato, mas ao vivermos cada passo do roteiro ele crescia, tomava vida, envolvia-nos e se tornava apaixonante. Os beijos trocados com Paulo naquele caminho prateado pela lua cheia se esfumaram.

Em uma das tardes nós o encontramos no campo; trabalhava duro em cima de um trator. Fazia calor e os discos do arado ao sulcarem a terra dura erguiam uma poeira vermelha colando na pele suada, na boca, na língua e nos olhos, provocando uma sensação de asfixia. E Paulo estava inteiro, exibindo um imenso sorriso no rosto suado. Estava no seu meio, dono do seu território. Tanto eu como ele estávamos esperando algo da sorte, do acaso justificando um novo encontro... assim, aceitei de pronto quando ele, interrompendo o trabalho, convidou-nos para outro banho de rio, ao final da tarde. Com o calor e a poeira empastando na boca um banho de rio parecia um presente dos deuses.

As meninas perceberam a eletricidade no ar, a linha de tensão a se esticar entre eu e Paulo e, desapareceram antes dele chegar. No meio do caminho ele seguiu por uma trilha secundária, mais longa, a se interromper onde um rio fazia um remanso, com águas profundas e esverdeadas. Não tive coragem de me despir da camiseta, sentia os olhos de Paulo postos no meu corpo; pulei rápido na água e para a parte mais profunda onde era possível ficar com a água até o pescoço e o corpo escondido. Paulo ficou à distância, inventando brincadeiras, fazendo-me rir, distraindo-me da tensão. Diferente do nosso rio, a correr entre florestas, aquele corria a céu aberto, sob o sol, órfão da mata ciliar, com águas tépidas nos permitindo estar por horas nele. A tarde foi morrendo, tingindo de laranja a linha do horizonte e nós – apoiados em uma pedra – nos aquietamos, deixando a beleza impregnar a retina e se arquivar em algum ponto da memória. A noite foi nos abraçando, diluindo nossos contornos na sombra.

Em silêncio, ficamos desfrutando a natureza, um pedaço mágico do tempo; a primeira estrela trouxe o sopro de uma brisa e com ela, um arrepio sob a roupa molhada. Paulo chegou mais perto e me abraçou. Esperávamos por isso desde quando nosso olhar se cruzou no campo poeirento.

E foi perfeito, mamãe! Talvez tenha sido o lugar, a luminosidade do crepúsculo recriando uma realidade peculiar, descolada do cotidiano, envolta em magia. No outro dia, no ônibus de volta, Otávio caiu como uma bomba e a culpa, do tamanho do mundo, paralisou-me e congelou a alma. Eu havia traído Otávio! Havia transado com outro homem. Mãe, Paulo era um tratorista, de quem mal sabia o nome e nunca mais iria encontrá-lo. Como pôde me atrair tanto a ponto de eu trair meu namorado, o homem a quem amo?

Nesse momento eu percebi a semelhança entre as palavras atrair e trair. A mesma sonoridade engendrada na cabeça do demônio, pensei. Ah, a ironia da vida – a história de minha filha nada mais era que a minha história revivida. Hector, o remanso do rio, a grande pedra na margem... ironia! De cabeça baixa, como que envergonhada, Ana continuava:

— A sensação de magia se transformou em aversão. Era um sentimento de punição como se pudesse anular o acontecimento. Quando eu me encontrei com Otávio no dia seguinte, eu me sentia horrível. Não conseguia encará-lo e a cada gesto carinhoso eu me afundava ainda mais. Esquivei-me de qualquer contato até a tempestade ir se acalmando e a imagem do belo tratorista ficar com seus contornos borrados pela realidade. Decidi encerrar essa aventura em alguma gaveta da memória, mas de quando em quando, na solidão do meu quarto, na sala de aula, ela escapava e me envolvia inteira. Tenho dúvidas se Otávio deve saber dessa história ou não. Se eu quero construir uma vida com ele, é justo lhe ocultar isso? Como resolver isso, mãe?

Ana estava angustiada. Buscava em mim respostas; talvez quisesse legitimação da sua atitude ou mesmo dividir a experiência nova e intensa.

— Ana, vivo com seu pai há 24 anos e há pedaços de mim, pensamentos e fantasias nunca compartilhados com ele. Assim como há um universo nele que nunca me foi dado vislumbrar. O homem tem uma caminhada solitária, Ana, e alguns fragmentos dessa trajetória ele compartilha com os outros e, um pouco mais, com o parceiro de sua vida. Sempre vão existir, minha filha, sonhos e experiências próprias de si. É o seu patrimônio pessoal, incompartilhável. Contudo, há alguns pontos claros para mim: são concepções éticas. Uma delas é o pacto de fidelidade entre um homem e uma mulher. Ele deve estar presente sempre, desde o minuto zero de uma relação. Você quebrou esse pacto, Ana, e Otávio deve saber disso. Por você mesma. Claro, a relação de vocês deve sofrer uma turbulência, mas sobreviverá, pois a confiança estará intacta. Deslizes, erros, bobagens, tudo isso cabe em uma relação. A única coisa insuportável é a falta de confiança. É mais complicado ainda, minha filha, pois será você mesma a dizer. Será horrível se o destino fizer do vento, o portador. Há algo na minha vida nunca compartilhado com você, mas agora você está madura para compreender uma história acontecida há 10 anos entre eu e seu pai…

Fiz uma pausa para encontrar a melhor maneira de contar à Ana a história de Francisco e Tsai Yung. Pela janela do restaurante via a chuva continuando a cair e, dentro, a luz mortiça dos lustres de papel vermelho criava uma luminosidade oblíqua sobre os dragões recortados em madeira, adornando as paredes. O dragão, na cultura chinesa, é um símbolo de proteção para afugentar os maus espíritos – pensei comigo mesma – os portadores da infelicidade. Talvez tenha sido o encontro com o velho chinês na rua; talvez a atmosfera do salão de luz avermelhada, protegido por dragões de madeira; talvez o próprio tempo tenha permitido contar essa história sem dor. E eu contei à minha filha da descoberta acidental do bilhete de Tsai Yung, da sensação de se saber traída e enfatizava:

— O pior sentimento não foi conhecer a existência de outra mulher, mas o fato de ter descoberto a teia de ações de duplo sentido e de mentiras tecidas por Francisco... O trincar-se da confiança tinha sido a punhalada que me ferira de morte.

Eu falei à Ana ser desse sentimento, desse punhal, que ela precisava proteger o afeto entre ela e Otávio. O chá verde fumegava nas minhas mãos e aromatizava, com seu perfume áspero e seco, o desenrolar da história: o desespero inicial, a *mea-culpa*, o desejo de vingança, a fogueira ardendo dentro de mim até serem, uma a uma, as achas se consumindo e o entendimento pôde se instalar novamente entre nós. Ana mantinha os olhos atentos; a expressão congelada em sulcos profundos na face, sem nenhum músculo se mover. O punhal excitante da traição tinha estado por um momento na sua mão, senhor do seu mais primitivo instinto e com ele foi desferido um golpe. Percebi emoções contraditórias ofuscarem o brilho dos seus olhos e por um momento, ela nada falou. Limitamos-nos a sair do restaurante, caminhar sob a chuva e, em silêncio, voltarmos para casa. Na varanda ela me abraçou; reteve-se por alguns momentos no aconchego dos meus braços e ao se afastar, suas mãos ainda nas minhas, com os olhos úmidos me olhou e disse:

— Vou conversar com Otávio. Hoje não. Logo depois do Ano-novo.

Eu a abracei, alisei seus cabelos e entrei em casa. Da porta, um último olhar: sua silhueta se projetava contra a luz e a vi com os ombros firmes, o olhar vago perdido na chuva no horizonte. Ana tinha se tornado mulher naquela tarde. A adolescência, definitivamente, tinha ficado para trás.

Enquanto caminho pelo corredor, ele se transforma em uma longa e interminável passagem com piso de ladrilhos preto-e-branco e paredes imensas para uma menina de três anos, guiada pela mão de uma mulher. Entro em um quarto comprido com janelões na parede esquerda, soalho de tábuas de madeira e muitas camas de ferro branco enfileiradas onde as cabeceiras se apoiam na parede, entre as janelas. A luz entra oblíqua e o retângulo das janelas se projeta no chão como um tapete luminoso entre as camas. As paredes claras, de pé direito alto, dão uma sensação de infinito e irrealidade. É a enfermaria feminina de um hospital. Distingo apenas formas, envoltas em lençóis brancos, pois os rostos se esfumam nas sombras, perdidos na penumbra deixada pelo contraste da luz entre as camas. A mulher continua segurando a minha mão, conduzindo-me até o primeiro dos leitos. O que antes era pressentimento, na compreensão dos meus três anos, manifesta-se na mais dolorosa verdade: era Ariadne quem estava ali. Com um aperto no peito, lembro-me bem; aproximo-me da cama. Ela, envolta em ataduras escondendo o loiro dos cabelos, os braços e o tórax, me lança um olhar afetuoso, sorri e me estende a mão; seus olhos azuis e intensos são, além das mãos, a única parte viva do seu corpo. Sem compreender o mistério a me trazer a esse quarto de janelões imensos, estendo a mão à Ariadne, em um gesto a repetir tantos outros gestos de afeto, tantos outros toques. Ela me diz palavras que não sei mais, mas a doçura retorna agora. É um ritual de adeus, mas eu ainda não sei disso. Ritual de adeus a prosseguir alguns dias mais tarde em um funeral na grande sala onde Ariadne jaz em um ataúde branco, vestida como uma noiva. Longa roupa branca envolvida por véus a lhe dar a dimensão mística. A tia deixa de ser a mãe para se transformar na deusa etérea a me abandonar.

Quem iria entender o choro de uma menina de três anos? Ninguém percebeu ser para a criança a mãe quem morria, a mãe que segurava-lhe a mão, levava-a a passear, banhava-a e lhe contava histórias para dormir. A mãe terna abandonava a menina sem ninguém saber do pacto entre elas, nem mesmo a mãe formal, alucinada, a chorar a morte da irmã mais nova. Como poderia essa mãe real, dilacerada pela dor e desestruturada pela culpa, permanecer inteira para amar os seus filhos? Foi impossível. Ela se dedicou, a cada instante do resto da sua vida, a esquecer esse dia. Esquecia na faina do trabalho interminável de cuidar da sua casa e da sua família. Alimentava, limpava, cozia, tornava a limpar, a acender o forno e assar os pães. Enquanto trabalhava, não sentia. Sufocou suas emoções no fundo da sua alma ingênua e assim viveu e criou seus filhos, criou-me. Só se esqueceu de nos amar. Esqueceu-se de me amar! A morte de Ariadne foi o meu primeiro abandono – o mais danoso, o incurável. A tia com nome grego morreu aos 23 anos. Enquanto caminha, a mulher de 50 anos respira e tenta se impor à menina aterrorizada no corredor de hospital.

É o momento de me defrontar com Dona Nininha, com o seu significado na minha vida e preciso de toda a minha lucidez e energia para esse encontro. Deparo, e isso me aflige ainda mais, com uma velha frágil, inerte no leito. A pele enrugada e sem brilho, cabelos ralos e amassados. O corpo se amiudou e empalideceu, envolto nos lençóis, perfurado pelos tubos de oxigênio e borrachas entrando nas suas veias com o soro amarelo. Apenas a decadência e o fim naquela sala sem janelas, de luz fria e temperatura constante – como se a vida já começasse a se despedir por meio da arquitetura; a mensagem transmitida pelo ruído monótono e rítmico do monitor cardíaco. Seguro sua mão pálida e magra. E fria. Pequenas veias azuis se intercalam entre manchas castanhas e hematomas, formando um mosaico a me falar da dor e da doença. Ela não esboça reação alguma, nenhum piscar de olhos.

Está sedada, dizem-me, por isso não reage.

Fico perplexa. Nunca tinha deparado com um doente terminal, um ser humano em condições tão precárias.

— Isso é injusto, disse ao seu filho, ao meu lado.

O ser humano não merece essa degradação final, não precisa ser tão humilhado para morrer. Não deve ser objeto de piedade no fim de seus dias, pensei, sem ousar dizer. Porque era só compaixão o meu sentimento por Dona Nininha, no seu leito de morte. Não, o destino não pode se executar em um corpo caquético, inconsciente, vestido em uma camisola de tecido grosseiro e exposto num salão asséptico, aos cuidados de enfermeiros desconhecidos, descuidados e cansados. Minha perplexidade e agora, raiva, aumentam. Qualquer tentativa de contato com Dona Nininha se mostra inútil e só me resta fazer um carinho na sua face fria e me retirar. Despedi-me rapidamente dos outros membros da família e alcancei o exterior.

O dia claro e quente foi um bálsamo; deixei a luz do sol banhar minhas faces, aquecer o meu corpo até começar a sentir as primeiras gotas de suor nas têmporas. Na sombra rendilhada onde estacionei o carro, recostei em uma das árvores e respirei fundo. Uma, duas, três vezes, terrificada. Era aquilo reservado ao ser humano no seu fim? Absurdo! Uma falha do projeto divino! Como poderia, uma divindade perfeita, como pregam as religiões, criar à sua semelhança um ser humano tão imperfeito? Por que não havia perfeição nesse modelo: envelhecer de forma tão degradante?! E, confirmei comigo mesmo: não existe Deus! Nenhuma divindade criaria um projeto defeituoso como a máquina humana; somos produtos da evolução aleatória do Universo, uma espécie dilacerada pelo dilema entre melhorar sua performance ou desaparecer dentro de alguns séculos.

30 de dezembro. Amanhã é meu aniversário, o último dia do ano. Faço 50 anos e arredondo uma existência. Penso, com uma pitada de orgulho, na minha trajetória de vida. Os tropeços iniciais, ainda na adolescência, e desde então fazendo e refazendo rumos; no entanto, só pisei em terra firme no sítio. Aqui é o meu lugar... Nem é simples: o chão quem me deu foi Francisco; com ele desenvolvi o exercício da cumplicidade e da parceria. Francisco tem a qualidade de não se sentir ameaçado por mim e minha vida pôde se expandir porque não me senti cerceada por ele. Seus pomares, seus animais foram um projeto seu e a mim coube o papel de ser a ouvinte interessada, o alter-ego avaliando a melhor opção, a parceira estimulando-o a seguir em frente.

Eu sou mais visionária, sonho mais, ouso mais. Ele, com suas ponderações, sua análise minuciosa da realidade legitimava meu sonho e trazia-o para o cotidiano factível.

Eu, contrapartida, alargava e coloria os projetos dele, desmanchava seus contornos rígidos. Sim, nós temos sido bons parceiros, mas e agora? O meu impulso gerador a cada manhã é a possibilidade de criar, é saber a cada dia da possibilidade de me reinventar e me espantar comigo mesma. E isso justifica uma existência: a descoberta diária de si mesma.

E o futuro? Ah, será um ano esplêndido! Vou estrear uma exposição individual fora do país, ambição suprema de um artista! Elaborei a espinha dorsal dela e sei da excelência do material produzido noites atrás, estou segura por onde caminhar. A destruição, para mim, é o cemitério de ideias, a criação estagnada, corroendo a alma. Ultrapassei essa fase. Transportar a minha realidade para as tramas, fazer da urdidura o meu sal cotidiano, colocar em cada fio e cor a minha respiração presa, será o meu desafio. Vou inaugurar, a partir dessa exposição, uma nova fase; será um divisor de águas. Desconheço os detalhes desse fazer, mas conheço o meu objetivo final. Como chegar lá, vou descobrindo pelo caminho.

Experimentar muito, não se conformar com o ritmo conhecido, buscar a utopia; só assim farei um bom trabalho. Tenho tempo e energia para isso, dez meses serão suficientes. Porém, mais que criativa, preciso ser equilibrada. Estar atenta aos meninos, ensaiando as primeiras despedidas. Tadeu irá morar com Ana; confio em minha filha para ampará-lo nessa transição, eles se entendem bem, mas ela não pode ter a responsabilidade de me substituir; a mãe sou eu e cabe a mim e a Francisco estarmos atentos aos seus primeiros fios de barba, ao mundo masculino a ser desvendado, à descoberta da sua sexualidade. Acompanhar essa fase com as gêmeas foi mais fácil. Elas transitavam pelo feminino, um espaço conhecido, de ciladas previsíveis. Aí está o desafio: conheço pouco o mundo masculino, nada sei das regras a governá-lo, das suas armadilhas. Tentamos educar nossos filhos homens em uma ótica menos perversa daquela do papel masculino tradicional. Agora, Tadeu será testado pelo mundo real. Avassalador, competitivo, egoísta. Temos conversado muito, buscando reforçar sua auto-estima. Será isso garantia de desenvoltura? Não sei. Há um momento em que os pais precisam deixar seus filhos partirem e o momento de Tadeu chegou. Tentamos de todas as maneiras fazer desse voo o menos solitário possível. A irmã estará ao lado e – à distância, estaremos nós. O esquema anterior, válido para as meninas, de visitá-las uma vez por semana, devo cancelar. A exposição de Colônia me envolverá por inteiro e cortar a semana em viagens rotineiras esmagará a minha concentração. Esta é a realidade possível para Tadeu e ele terá de fazer dela o seu melhor capital emocional.

Ficaremos apenas três em casa; minha família amputada. Como ficará Miguel sozinho? Como ficará Francisco? Este me parece tranquilo, passando incólume pelos 50 anos. Seus cabelos e sua barba embranquecem, mas não percebo nele crise mais profunda em relação à idade. A cada ano, ele o vence como se fosse só um a mais, dentro de uma mesma batida. A relação direta e contínua com a terra é a grande responsável por esse equilíbrio. A Mãe-Terra o protege sempre, eu sei. Quero cuidar dele, estar atenta à sua saúde, à minha também. Teria de parar de fumar. Sinto esse pedido em meu corpo há algum tempo. Respirar aos esforços tem sido cada dia pior; o cansaço fecha meu peito, desorganiza as batidas do meu coração. Há tanto tempo adio essa decisão, tenho a sensação de fracasso. Não, ninguém sabe da pontada fina a me atravessar o peito por alguns segundos e o quanto essa dor me assustou. Compartilhá-la seria ser censurada e eu sei das minhas fraquezas. Odeio quando me dizem: "Deves parar de fumar!" – como se eu não soubesse! Como se fosse uma questão de caráter, de indolência moral. Como se bastasse deixar de comprar cigarros e tudo se resolveria. Não sabem das garras da dependência da droga. A nicotina agindo anos a fio em receptores, tornando cada gesto de buscar um cigarro o movimento automático e imperceptível, suficiente para manter o corpo quieto, saciado da droga. Ninguém sabe, também, da solidão das tardes no ateliê, da companhia do tabaco, quando a pausa para uma baforada significa abstração, um viés de fora do trabalho e, muitas vezes, o olhar que corrige e salva. O tom a mais, a textura áspera, detalhes só vistos quando o objeto se distancia, a fumaça se interpõe e cria outra realidade. Há sempre os dois lados, muitos lados da mesma realidade; a vida não é uma linha reta e simples.

Amanhã é meu aniversário, amanhã termina o ano. O cotidiano, a exceção da partida de Tadeu, não vai mudar muito nos próximos meses. Aprendi com a maturidade ser a rotina algo bom, economiza energia e nos dá o sabor de algo conhecido e confortável. Isso, confortável! É esse o meu desejo de ano novo, de presente de aniversário. Uma rotina confortável, um suceder de dias bem estruturados, fluidos. Poupar a energia para as grandes tempestades criativas, para a erupção dos vulcões quando a minha alma de artista queima em fogo lento em minhas entranhas e, quando em quando, emergem à superfície calcinando o velho, renovando, construindo o mundo novo. Escurece nesse 30 de dezembro. A última luz do dia, o meu último momento solitário no ateliê, a minha última conversa comigo mesma, o meu acerto de contas com o destino. Posso brindar a mim mesma. Foi um bom ano. Construí meu destino e sei da minha competência. Mereço cada grama do ar respirado, cada gota de água sorvida. Tive da vida tudo e paguei o preço justo por isso. Nada foi fácil, nada foi concedido. Tudo foi conquistado e por isso, celebro comigo mesma meu aniversário, meu Ano-novo.

Como um ritual, ainda me resta a última coisa a fazer nesta cidade. Despedida ou reencontro, não sei. Hesito e postergo. Busco um restaurante, um lugar fresco, uma pausa. Minhas têmporas latejam, prenunciando uma enxaqueca. Não foi fácil essa visita ao hospital, exauriu minhas energias; fiquei chocada com o aspecto de Dona Nininha, não a imaginava tão vulnerável. De certa maneira, eu estava confortável, fechada em meu mundo, revendo meus valores e agora percebo não poder ficar muito tempo dentro do ovo; a realidade me chama, exige decisões. Mesmo se fosse um desejo, seria impossível dar conta das minhas relações com o mundo, como estou, de alma ferida não consigo ter neutralidade suficiente para pensar em ajudar Dona Nininha ou qualquer outra pessoa...

Pensava nessas coisas enquanto dirigia o carro. Talvez não quisesse chegar. Mas nessa cidade pequena é impossível adiar o inevitável mais do que alguns minutos. Os grandes portões de ferro interrompendo o muro me falam do ponto de chegada. Portões de um antigo cemitério. Aqui sepultamos Ivan, alguns anos atrás. Reconheço suas tumbas de herança portuguesa, do começo do século, seus jazigos encimados por uma cruz, alguns revestidos de mármore, com fotos anexadas, outros de pura alvenaria, espremidos lado a lado, em pequenas e estreitas ruelas. Geografia mórbida a nos dizer da dicotomia entre vida e morte, peculiaridade da cultura brasileira, como se na imensidão tropical não houvesse espaço para a morte, para a escuridão do fim dos tempos.

Tenho dificuldade em localizar o túmulo de Ivan entre tantos; por fim, o encontro. Um retângulo de mármore marrom com algumas letras em preto; a cruz. É tudo. Coloco as flores sobre a pedra quente e deixo as minhas mãos absorverem o calor e criar um canal de comunicação com as minhas lembranças, com o meu passado, com o homem a quem amei. Pergunto-me sobre o destino de Ivan:

Uma poeira cósmica, uma estrela, uma alma de outro mundo? Para onde foi a sua energia? Não tenho essas respostas. Ninguém as tem... Apenas a saudade, um elo entre o passado e hoje. O jovem magro com a barba sempre desalinhada, óculos pretos, calça jeans... Lembro do olhar: agudo, perscrutante. Olhar a falar das chamas da vida, da esperança de um futuro vislumbrado. Tinha as mãos finas, expressivas, os dedos longos e inquietos. Usava um pequeno anel na mão esquerda. Uma argola de pau-brasil, o símbolo do seu compromisso com o país.

O sol forte me incomoda, arde nas minhas costas, seca minha boca. Olho para o túmulo a minha frente, leio o nome de Ivan gravado nele, leio o epitáfio e, surpreendentemente, não me dizem mais nada. Nenhuma emoção, nenhuma dor, nenhum alento. Apenas uma lembrança, uma história pertencente ao passado. Meu vínculo com ele também se rompeu, meu último vínculo, minha última despedida. Só me resta entrar no carro e partir. Nos últimos dias não tenho feito outra coisa. Rever, despedir-me e partir.

Despedidas. Solidão. Buscas.

Capítulo 10

[31 DE DEZEMBRO]

Viajei boa parte da noite para chegar ao sítio e precisava dormir, ao menos um pouco; no entanto, estava alerta quando abri a porta do carro e olhei para o alto; sem nenhuma luz, as estrelas eram soberbas. Durante anos olhei esse céu e sempre me senti privilegiada. Aspirei lentamente o perfume da floresta e me senti reviver. Este era o meu lugar, talvez aqui fosse possível recomeçar. Abri a casa silenciosa e escura. Cheirava a guardados, um cheiro familiar de mato e umidade. Era sempre úmida essa serra! Entrei com um sentimento de penetrar em um templo, acendi velas ao invés de lâmpadas. Tirei os sapatos e espreguicei-me. Estava cansada, tinha dirigido seis horas pela escuridão. Mas agora estava tudo bem. Tinha chegado. Ao ponto final. Ao lugar definitivo...

Caminhei pela penumbra até o meu quarto, abri as janelas e olhei a montanha. Nada se via na noite escura. Só o silêncio. Lentamente, comecei a me despir. Ao abrir os botões da blusa senti o ar gelado esfriar meu peito; mesmo no auge do verão as madrugadas aqui são frias: fiquei ainda alguns segundos nua, à janela. Olhava apenas. Sentia meu corpo ir se aquietando... Eu poderia ser uma ninfa daquela floresta, ligada à natureza das árvores... Quantas vezes contei histórias para Santiago, quando criança, da deusa que morava atrás do morro e de cujo castelo nascia a lua ou, então, a história de duendes de chapéu vermelho. Ele se entristecia quando alguma árvore morria – pela mão do homem ou pelos raios da tempestade – porque a ninfa daquela árvore morria também.

Não havia mais desespero agora, apenas a certeza de haver encontrado uma saída. Neste lugar. A brisa agitando os ramos das árvores me provocou um arrepio de frio. Afastei-me da janela e agasalhei-me em um quimono. Branco, de seda, longo, diáfano; leve anteparo entre meu corpo cansado e o ar frio. Em um lampejo, recordo o pesadelo vivido nos últimos dias. Abraço-me, em um gesto de consolo à criança indefesa retornando em mim. Tento me desfazer do sentimento de abandono e não deixar o desespero voltar; sirvo-me de uma dose de conhaque e vou para o terraço. Quantas e quantas noites fiquei aqui com Jorge. Em silêncio. Olhando as estrelas e desfrutando a companhia um do outro.

Impossível livrar-se das recordações: era uma noite de inverno, ar seco, céu limpo e frio, muito frio. Tínhamos feito uma fogueira e protegidos por uma manta, abraçados, deixávamo-nos hipnotizar pelas labaredas. Éramos jovens e apaixonados, ainda. Nessa noite Jorge descobriu os bambus, ou melhor, o efeito de suas fagulhas. Ao se queimarem, a um movimento nosso, centenas de pontos luminosos explodiam do seu tronco e subiam como se fossem uma longa cabeleira de fios de cobre e luz. O efeito provocou-nos um leve espanto e então, como duas crianças descobrindo um brinquedo novo, entre risos, ficamos a provocar, com leves batidas no tronco ardente, as suas cascatas de fogo. Muito tempo depois, com a fogueira a se extinguir, quase congelados, com cabelos e roupas recendendo à fumaça, aconchegamo-nos em mil cobertores. E nos amamos como se fossemos a própria fogueira. Naquela noite decidimos nos casar! As lembranças doces e o conhaque me relaxaram, trouxeram o sono. Ah, como quero dormir! Um sono substantivo, imenso, povoado de anjos.

Terei esse presente dos deuses? O último! Entro em casa, fecho as portas – não por segurança apenas para me proteger do frio – e vou para o meu quarto. As velas ainda estão acesas e dão ao ambiente uma luminosidade antiga. A luz do meu rosto a se refletir no espelho tem o tom de um Caravaggio, penso e percebo, depois dessa semana de pesadelos, ser este o primeiro momento de reencontro comigo mesma. A cama com travesseiros perfumados me conforta e me traz o sono.

Ana chega da cidade com um bolo de chocolate, recheado de morangos. O meu bolo de aniversário. Celebro com bolo e velas expressando um desejo ao cortar a primeira fatia. Francisco ao meu lado, Tadeu e Miguel, Ana. Champagne à meia-noite ao findar o ano e recomeçar. Recomeçar sempre. Essências! Mas em meio a tudo isso, projetos e desejos, coisas concretas: minha saúde; a dor no peito me assustou. Ana e Anais; ser mãe de duas mulheres. Cultuo Deméter, a deusa grega protetora da terra, das colheitas, da fertilidade. Forjava no fogo a imortalidade dos homens. Deusa-Mãe! Sei da sua dor pela perda da filha; ela me consolava quando Anais partiu. Pergunto-me se é possível perguntar aos deuses, se nos momentos quando ela e Perséfone estavam juntas, a alegria era genuína ou elas disputavam entre si. Mãe e filha são duas mulheres, competem entre si; o mesmo homem, pai e parceiro, depois outros homens, outras conquistas.

Eu e Ana conseguimos uma relação quase tranquila entre nós. Trilhamos caminhos diferentes; ela não montou seu projeto à sombra do meu. Claro, Francisco é uma peça delicada entre nós, há identificação e atração entre eles. Com Anais as coisas foram mais complicadas. Talvez porque somos semelhantes e ela precisava se afirmar em cima dos meus desejos; na adolescência o conflito se intensificou. Às vezes eu cedia e negociava, mas, muitas vezes, impunha limites. Nem sempre era fácil. Ela pressionava, insistia, testava-me incansavelmente. No impasse, pedia ajuda a Francisco. Depois do confronto, do limite estabelecido, ela se aquietava, relaxava, deixando sua ternura fluir. Como se nos pedisse ajuda para controlar seus dragões. Sou Deméter e vivo seus dois papéis simultaneamente. Tenho uma filha ao meu lado e sou a primavera; não tenho outra e sou o inverno. Ana é a presença, Anais é a ausência. Por uma frutifico a terra, semeio, fertilizo. Por outra, pranteio, não me banho;

não como e castigo a humanidade à fome. Em qual momento, Zeus – o deus, o destino – permitirá a nossa reunião?

Deixei a luminosidade do sol me despertar aos poucos. Lentamente ia me conscientizando do dia especial; o dia do meu aniversário de 50 anos. O último dia do ano! E eu estava sozinha...

O que fizera da minha vida para isso acontecer? Perguntei-me, em voz alta, já completamente desperta, sentindo a angústia pesar no peito. Respirei fundo e resisti. Não, hoje não ficaria triste. Hoje seria um dia para viver em plenitude, um dia essencialmente de celebração. Reagi rapidamente e, em um gesto rápido, pulei da cama. Um banho e uma roupa confortável. Saí para o pomar e me encantei com os pássaros a comer frutas. Sanhaços na goiabeira, sabiás no pessegueiro e maritacas no pé de acerola. A natureza estava sendo generosa comigo ao mostrar os seus mais belos pássaros. Se eu tiver sorte poderei encontrar algum mico-da-cara-preta na trilha pela mata. Colhi algumas goiabas do pé, provocando a fuga do casal de sanhaços; mordiscando-as saí para a floresta.

Durante mais de 40 minutos caminhei feliz. Algo novo sempre me esperava: uma flor, uma folha esquisita, uma pedra de veios coloridos, um canto de pássaro ou, então, a surpresa de algum animal cruzando furtivamente o caminho. Eu ia devagar, buscando detalhes – a luminosidade do sol entre as folhas, a raiz de alguma árvore ou um galho pendendo um pouco mais. Uma das trilhas levava à casa de Marília. É o aniversário dela também! Vou convidá-la para almoçar e lhe dar um presente: um brinco de esmeraldas e diamantes; um mimo que me dei quando concluí um grande contrato, anos atrás. Na ocasião, sentia-me poderosa! Agora... nada significa. Marília tem olhos verdes e a moldura de esmeraldas será o toque perfeito.

Avistei a sua casa logo depois da curva; encontro-a no jardim. Beijamo-nos com alegria genuína – e com a surpresa em me encontrar ali – Marília me perguntou sobre Londres. Convidei-a para o almoço. Falaria de Londres, de Santiago. Combinamos o encontro; não sem antes um banho de cachoeira, parte do ritual do nosso solstício... Retomei a caminhada, mas estava preocupada com Marília. Achei-a com um ar embotado; uma respiração um pouco mais rápida do que o normal. Senti minha amiga intranquila... Olhei para o sol, ainda oblíquo nas ramagens das árvores, e segui o meu caminho. Meu olhar atento continuava a buscar algum sinal despercebido ao longo desses anos, marcas de uma natureza sempre maior do que minha capacidade de absorvê-la. O som dos meus passos, o sol e a sombra, a profusão de um verde quase opressivo, o canto dos pássaros me narcotizavam. Incorporava os estímulos. Não pensava neles, apenas os sentia. Isso era para mim a paz. Por fim, voltei para casa e comecei a organizar o almoço. Estava cheia de energia. Mesa no terraço, flores, vinho gelando, as ervas na comida perfumando o ar... Era quase meio-dia quando Marília chegou. Seguimos pela trilha até a cachoeira, em silêncio.

— Esse banho de cachoeira está atrasado em mais de uma semana. Rituais de purificação seguem o calendário dos astros, não o dos homens. Ele deveria ser feito neste ano em 22 de dezembro, no Solstício de Verão! Lembre-se disso no próximo.

— Marília, a intenção também é importante. Soma-se à energia cósmica desejada, buscada. Se nos concentrarmos, esse banho será tão energizante e purificador quanto àquele do *Solstício de Verão*.

— Talvez!

O sol estava a pino quando chegamos à clareira onde a cachoeira molhava a mata. Apenas no verão eu conseguia entrar nessas águas, tal a temperatura delas. Águas correntes sob a floresta, entre pedras e sombras, nunca se aquecem. Despidas, silenciosamente entregues aos próprios pensamentos, mergulhamos no fosso. O choque no corpo era inevitável. Com a respiração entrecortada, o peito paralisado de dor, emergi em busca de ar. Nadando vigorosamente contra a correnteza, consegui agarrar-me a uma pedra embaixo da queda d'água. Apoiei-me e em um movimento ágil, subi permitindo a ducha cair com todo o vigor sobre minha cabeça. Impossível pensar; possível sentir... A água estava muito fria, abundante.

Pouco a pouco fui me acostumando à água gelada e pude perceber as sensações do meu corpo. Os músculos relaxando, a cabeça desanuviando-se, a respiração se soltando. Deixei-me ficar enquanto pude, até sentir frio. Voltei a mergulhar, saí da água buscando uma pedra seca sob o sol. O sol do meio-dia, em curvatura de solstício, caía perpendicularmente na clareira. Marília repetiu o mesmo ritual que eu – o mergulho, o ficar embaixo da cachoeira, o sorriso de susto paulatinamente substituído pelo de prazer. A mesma pedra compartilhada ao sol. O silêncio pleno dos pensamentos, quiçá das orações. Voltamos em silêncio pela trilha. Em paz. Purificadas. Nossos ancestrais associavam a celebração do solstício também aos aspectos práticos da vida, ao tempo de acasalar-se, procriar, plantar, colher. Assim, o Solstício de Verão era a celebração do Deus-Sol, dos casamentos e das colheitas. A celebração da própria vida.

À mesa do almoço, recomeçamos as conversas interrompidas há uma semana.

— Marília, quero saber como foi Londres.

– Não consegui ficar. Estava frio, chovia. Nenhum sol. Minha tristeza só aumentou. Dentro do hotel era aquecido e confortável, mas as ruas eram um horror. Molhadas, frias e desertas. A cidade estava linda nas suas luzes de Natal, mas de uma beleza distante e não me dizia nada. Eu não consegui me imaginar vivendo naquela cidade. Juro, eu tentei.

— E Santiago?

– Santiago me pareceu bem. Está adaptado lá. Tem uma casa, um trabalho, uma namorada, um projeto... Mas eu não caibo nessa vida; não há espaço para compartilharmos nada mais do que almoços de domingo e peças de teatro. A periferia, Marília.

— Alguma notícia de Jorge?

– Nenhuma. Nenhum sinal. Estive em casa ontem e ela me pareceu intocada.

— Tentei falar com ele também. Não consegui.

– E Anais, deu notícias?

— Falei com ela no Natal. Está bem. Falou do novo namorado, um sueco, também procurando o eixo dele na Índia, parece-me...

– E nós fizemos tantos planos, sonhamos tanto com ela e Santiago juntos. Pensava nisso essa manhã...

Quando, ao final da sobremesa eu lhe passei a pequena caixa com a jóia, vi seus olhos marejarem. Seria bom se ficasse com ela, pensei novamente. Se um dia Anais e Santiago se casassem, essa jóia poderia ir para a nossa neta... Oh, não! Não posso esmorecer e olhar o futuro com esperança, senão o dia de hoje não terminará. Isso são suposições, desejos e não esperanças de futuro. Bobagens de duas mulheres, concluo. O olhar de Marília era de surpresa e incredulidade ao abrir o presente.

— Por que estou recebendo presente assim tão valioso, tão diferente da história de presentes trocados ao longo desses anos? Aceitou emocionada e colocou-o nas orelhas.

– A moldura perfeita para seus olhos verdes, disse-lhe.

Despedimo-nos com um abraço carregado de emoção; sabíamos ter dividido um momento especial. Eram quase 15 horas! Tarde luminosa, quente, preguiçosa. O que fazer agora nessa casa silenciosa? Cumprir o ritual? – pergunto-me enquanto limpo a mesa do almoço. Há um desejo de organização, de manutenção da ordem, como se fosse um dia igual aos outros.

...Como se fosse! Incapaz de suportar os pensamentos saí de novo para a floresta. A natureza me sustentava nesse momento de fragilidade. O tempo – ou a falta dele – sempre foi o tom maior na minha vida. Sempre me bati com horários cada vez mais exíguos, amontoados e encavalados. E como eu fui fiel a isso: manter com o tempo, ou a falta dele, uma relação de adoração! Movera-me anos nesse pantanal. Por ele, tomara quilos de pílulas – antiestressantes, antidepressivos, antioxidantes – a lista poderia ser infinda... Tudo era falso! Uma bolha de cristal na qual vivi nos últimos 20 anos. É amargo constatar ter deslizado apenas pela superfície quando acreditava ser possuidora da essência. Por isso, o caminho não tem volta. Mesmo superando o abandono de Jorge não voltaria a ser uma profissional nesse mercado. Meus valores mudaram drástica e definitivamente nestas duas semanas. Pronto, lá vinha a esperança de novo! Esse punhado de senões, reconsiderações teimando em me confundir desde a chegada ao sítio. Como se aqui fosse possível reavaliar e propor uma nova vida.

Tenho esse tempo de reavaliação? – pergunto-me olhando para a exuberância da vegetação da trilha. Um tronco de árvore atravessando o caminho me obrigou a parar. Olhei para o céu. Pouco se via do sol, do azul, apenas galhos e folhas em todos os tons de verde, na exuberância de alto verão. A temperatura é sempre constante na floresta, mesmo úmida, é agradável. Sentei no tronco e me deixei ficar. Lembrei de Santiago, no frio de Londres. Adolescente, quando esteve aqui com a primeira namorada. Teriam uns quinze anos e estavam tão apaixonados! Depois dela, as outras. Quando ele e Anais começaram a se amar, parecia um amor definitivo. Mas surgiu o curso em Londres e ele partiu. Agora está com Susan e me disse sentir o namoro enroscado na solidão, no inverno, na chuva interminável...

Como tudo terminará? – pergunto-me. Passava das 18 horas quando voltei para casa, cansada da longa caminhada. Fazia calor ainda. Sentei-me na varanda, com um copo de água na mão e fiquei olhando o pôr-do-sol. Durante anos me perguntei onde estaria nesse momento. Quando jovem gostava de me imaginar em uma nave espacial, acreditava na tecnologia espacial incorporada à rotina, como tantas coisas o foram. Foi talvez essa a maior ilusão da minha juventude, ou a do príncipe do cavalo branco? Imaginava vivendo em um mundo onde os androides fossem realidade e não mais personagens de ficção científica. A tecnologia, porém, tem velocidade própria. Algumas coisas andam bem outras, não resistem ao impacto do tempo.

O sol declinava. Fechei os olhos e a esfera dourada dançou perante meus olhos. Quando os abri tentei reter o gomo de luz a se encravar na linha escura do horizonte. Inútil! O sol e todas as outras coisas não precisam de mim para existir. Têm destino próprio! Talvez essa singularidade seja, ambiguamente, a essência do encanto, pois a outra face também se revela: não preciso pertencer a ninguém! Não tenho de criar vínculos! Viver só com a razão. E o afastamento de Jorge? Jamais me imaginei tão vulnerável! Um vínculo construído imperceptivelmente, ocupando espaços sutis e invisíveis; dia após dia, ano após ano, Jorge esteve ali; uma presença ao qual tinha me habituado, não me apercebia dela porque não me oprimia e me deixava viver ao meu próprio ritmo. Ah, como gostaria de conversar com ele, dizer da imensa importância dele na minha vida, do afeto imerso na terra, sob geada de inverno; do amor explodido quando a raiz foi arrancada e a terra, revolvida, pôde mostrar a sua face mais subterrânea. Ah, se Jorge soubesse disso. Tarde demais... Ele sequer respondeu à minha mensagem ao telefone.

E Santiago, Jorge fez algum contato com ele? As dúvidas voltam... Mas não mudarei meu projeto por Santiago, não agora! O significado, o não-significado de minha vida é muito maior do que minha maternidade; ele sempre soube disso e agora essa compreensão será visceral. Suspirei, tentando me livrar da angústia. Tenho que me ocupar com algo, a meia noite se aproximava e eu precisava tomar a melhor decisão. Sabia disso. Não errar.

É fim de tarde, aquele momento mágico entre o dia e a noite, quando os vermelhos reinam na linha do horizonte. Marília sai do ateliê e vai direto para o quarto. Tem ainda nas mãos a caixa vazia do presente recebido da amiga. Olha-se no espelho e observa o efeito do brilho das esmeraldas no seu rosto; feliz para, em seguida, contrair a face; sente um desconforto no peito, um peso; um formigamento se espalhando pelo braço. A ruga se aprofundando na fronte, a boca se abrindo um pouco mais. Sinais fugazes, imperceptíveis. Prefere se deitar, esperar a náusea desaparecer. Talvez pelo esforço do mergulho na cachoeira... Um pouco de repouso é suficiente, pensa Marília, enquanto se aconchega aos travesseiros e fecha os olhos.

Marília volta para a sala e serve-se de vinho. Quer ouvir uma música triunfal, celebrar o último dia do ano! O seu aniversário de 50 anos! Sabia o som perfeito, quantas vezes ao ouvi-lo se imaginava correndo no meio da multidão, em um dia ensolarado, indo ao encontro de um grande acontecimento, um comício ou uma partida de futebol em final de campeonato. E nunca foi. A Sinfonia do Novo Mundo, Dvorák! A todo volume para encher sua alma como se estivesse prestes a avistar o novo mundo. Abriu a torneira da banheira e deixou a água quente correr; deitou óleo, sentindo o perfume se espalhar pelo ar úmido. Tirou a roupa com gestos lentos e entrou. O banho de fim-de-ano! O ritual repetido durante a vida, ano após ano, quando fazia um acerto de contas e novos pactos consigo mesma. Hoje o banho seria uma cerimônia de despedida. Deixaria muita coisa para trás nesse lavar-se com óleos perfumados. Deixaria 50 anos de vida. Deixaria uma família. Deixaria um projeto. Deixaria velhos sonhos... um banho de purificação! Purificação iniciada na cachoeira, quando com a amiga celebrou e se despediu dos afetos; agora, purificava-se da sua vida interior, de sua mais secreta intimidade. Livrava-se dos seus abandonos.

... Marília percebeu o ar preocupado de Francisco quando ele a viu deitada. Disfarçou, alegou cansaço, a tarde passada fora com a amiga. "Estarei bem dentro em pouco. Só quero relaxar antes do banho e logo vou me reunir a vocês", tranquilizou-o. Intuía, pela persistência da dor, que aqueles minutos a mais de repouso não seriam suficientes para colocar um sorriso no seu rosto. Francisco sentou ao seu lado, entrelaçou suas mãos nas dela, oferecendo conforto, sorriu e ajeitou uma mecha do cabelo. Falava baixinho buscando distraí-la.

A água começava a esfriar quando Marília saiu do banho. Enrolou-se em uma grande toalha branca e, descalça, foi para o quarto. Enquanto secava-se olhou para o quadro na parede. Refletia um rosto de mulher. Tinha uma beleza bem cuidada. Beleza dos 50 anos. Especulou como seria uma mulher de 50 dentro de mil anos. Impossível e inútil esse pensamento, descartou. Atravessou o quarto e pegou o robe dentro do armário. Havia comprado-o em Londres para ser usado hoje. Santiago estava com ela naquele momento. Todos os seus pensamentos eram para Santiago, para seu filho. Estava pronta. Resoluta. Decidida e firme com a energia de uma leoa. Seus traços se modificaram, assumiram a gravidade peculiar da mulher guerreira – a contração dos lábios, a respiração fina, rápida e superficial como se o seu cérebro precisasse de todo o oxigênio do ar, a mão saindo do teclado e se apoiando no queixo enquanto pensava na próxima palavra. Marília mergulhou em um mundo interior, espesso, totalmente concentrada. Ora tinha uma fúria rápida com as teclas, ora parava, olhar absorto à procura da melhor maneira de chegar ao coração do filho. Tinha um único objetivo: dizer à Santiago do profundo amor por ele. Não queria nenhuma dúvida pairando; ele merecia todas as respostas. O texto não era fácil. Pari-lo tinha o ritual do parto e o tom do apocalipse. E Marília ficou ali, conversando com Santiago... Um longo, doce e triste monólogo. Por fim, levantou-se, buscou na estante um livro de poesias. Encontrou o poema e o transcreveu. Quando terminou tinha os músculos tensos, pescoço e ombros doíam; lentamente, ergueu os olhos da tela, massageou a nuca cansada e, sorvendo um gole de vinho se propôs a repassar o texto, dar-lhe a revisão final, perfeccionista. Eram mais de 23 horas quando terminou.

... Marília fez um esforço imenso e sentou-se na cama. Não dava mais para adiar. Era preciso banhar-se, vestir-se e reunir-se aos outros na sala; estava atrasada. Não quis pedir ajuda ao marido, evitando assustá-lo ainda mais. Despiu-se e entrou no chuveiro, água quente e rápida. Ao enxugar-se percebeu o ar lhe faltando. Em pânico, imobilizou-se por um instante e tentou chegar ao quarto; do armário, retirou o vestido vermelho. Escolhera essa cor, pois era o fogo, a energia esperada para os novos tempos. Era um belo vestido! Mangas longas e justas, decote redondo e amplo até a raiz dos ombros como se a lua se encaixasse no seu colo. Prendeu o cabelo num coque e, mais uma vez, admirou os novos brincos. Como a acrescentar um pouco mais, pintou os lábios de vermelho. Estava pronta. Na sala, uma onda de ternura: cada detalhe tinha sido pensado para ela e não havia como não se emocionar – o jantar, a decoração da mesa, o bolo de aniversário no aparador junto aos presentes. Tentou se controlar ao sentir a dor no peito voltar. Imperceptivelmente, levou a mão ao peito, sorriu e tomou seu lugar à mesa. Era quase meia-noite quando a ceia terminou, hora de cortar o bolo. Tentando comandar o coração, agora batendo descompassado e enlouquecido, apagou as 50 velas. Mas não pode mais disfarçar quando Francisco pegou um pacote e lhe disse sobre o significado do presente. Sentiu o ar lhe faltando mais e mais e a impossibilidade de conjugar respiração e ritmo do seu coração. Algo muito grave tinha lhe acontecido, percebeu. O corpo encharcado de suor lutava bravamente para manter-se respirando. Queria apenas a sua cama, o seu quarto. Francisco, em pânico, ao vê-la empalidecendo cada vez mais, a respiração mais angustiada, tomou-a entre os braços e a levou para o quarto. Ana precedeu-o, ajeitando travesseiros e almofadas. Ela sentia a dor apertar mais e mais o seu peito, trancar sua respiração. Segurou as mãos de Francisco e viu o medo escuro nos seus olhos. Um minuto... e apenas o silêncio interrompido pelo arfar do seu peito agoniado, em busca de ar. E soube: tudo estava a se acabar. Lembrou-se de Anais, a filha ausente e, no desespero final; tentou o último abraço nos filhos. Nem conseguiu. Inconsciente, pendeu a cabeça para o lado, os olhos fixos no vazio e parou de respirar.

Ao longe, o barulho de fogos comemorando a meia-noite de Ano-Novo. Quando tudo termina e tudo começa no momento seguinte.

Marília esperaria um pouco mais para enviar a carta para o filho. Havia o tempo certo, alguns minutos mais tarde. Não precipitar nenhuma atitude dele. Levantou-se, espreguiçou-se e novamente, deu uma olhada no relógio. Faltava menos de uma hora para a meia-noite. Mentalmente, revisou os planos da noite. Teria tempo de se vestir, estaria bela essa noite. Seria a noite mais importante da sua vida... olhou as estrelas, Órion brilhava no zênite... Como em todos os verões, a constelação do gigante-caçador estava lá, magnífica. Quantas histórias ela lhe evocava; quase perdeu-se em pensamentos, mas concentrada, retornou ao seu objetivo.

Abriu o armário e tirou o vestido pendurado pela manhã. Perfeito: branco, macio e diáfano. Amplo decote, alças finas, longa saia. A roupa comprada em Londres, naquela manhã gelada, especialmente para ser usado nessa celebração. Santiago comentou, ironizando, ser apenas uma viagem de compras mascarada pela saudade do filho. E lhe perguntou por qual festa ela se recusava a ficar com ele... Pegou os sapatos, as meias, a lingerie e lentamente começou a se vestir. Quando terminou, olhou-se no espelho e gostou. Contornou os lábios com batom vermelho, aspergiu-se de perfume e ajeitou os cabelos. Ficou a se mirar no espelho com um olhar crítico; buscava detalhes a serem retocados. Inútil. Tudo estava à perfeição. A imagem composta era de uma bela mulher, elegante, refinada... infeliz. Agora, nenhum pensamento aflorava à sua mente, não permitia. O momento era de executar meticulosamente o planejado. Não pensar, não pensar, ordenava-se. Organizou o quarto e após o último olhar de aprovação, apagou a luz e saiu.

Dez para meia-noite. Tempo de saborear sua sobremesa predileta, de sentir a doçura, o afago simbolizado na calda de açúcar. Tempo de ouvir Barber embalando-a nessa travessia. Era uma mulher decidida, o medo ficara lá atrás em dias confinados ao passado. Quando apertou o botão e os violinos do seu Adagio predileto rasgaram a noite, soube ser chegado o instante de executar o seu primeiro movimento. Dirigiu-se à gaveta do armário e retirou uma pequena embalagem envolvida em papel de alumínio, escondida embaixo de papéis. Com a gravidade de quem vive o maior momento da sua vida, Marília deu às costas e fechou a gaveta. Precisava de um último gesto: enviar a carta à Santiago. A mensagem não exigia mais segredo, poderia ficar brilhando na tela infinitamente.

Mais champanhe, pensou. Mais. Sentou-se no sofá, amplo, branco e solene, no centro de seu próprio altar e começou o ritual. Abriu a mão e permitiu à embalagem aluminizada aparecer: um pequeno retângulo de não mais de quatro por um centímetro. Começou a rasgá-lo lentamente. A lâmina de um bisturi! Nova, aguda, cortante, brilhando em suas mãos. Delicadamente, sabendo manusear a própria vida, Marília segurou a lâmina pela ponta e fez um pequeno corte em seu punho esquerdo. Uma dor rápida e começou a observar o sangue a escorrer pelo seu braço. Um só fio vermelho a escorrer pelo seu braço... A sua vida. Parou, buscou a taça e se concentrou na música. Os violinos se despediam da vida por ela. Em um átimo, cortou o outro pulso. Levemente. Escorria sangue dos dois pulsos e o seu vestido já se manchava. Olhava enfeitiçada para o desenho do sangue e para a cor: branco e vermelho! Mas não poderia ficar nisso. Ouvia os violinos. Na vibração maior, não hesitou: um corte profundo, rápido no pulso esquerdo. Dor. Profunda. Não podia perder tempo, agora. Tinha de ter a lucidez de fazer tudo sem hesitar. Ir até o fim... cortar o outro pulso.

Pronto.

Agora era só recostar a cabeça no sofá e esperar. Os violinos diminuíam de intensidade, quase paravam. E o sangue a escorrer, tingindo o branco do seu vestido, manchando o branco do sofá. A respiração se tornava mais leve, mais superficial, os olhos se embaçavam e imagens passavam pela olhar de Marília. Muitas imagens...

Até a névoa ir tomando conta de tudo, os sentidos sumindo... A música acabou.

A vida acabou.

No sofá, as manchas de vermelho. Na tela do computador, o último sopro de vida; a última emoção: Santiago, meu filho...

As obras da **Primavera Editorial** estão alinhadas às normas do novo **Acordo Ortográfico da Língua Portuguesa**, assinado em 2008.

Primeira Edição, 2008

Dados Internacionais de Catalogação na Publicação (CIP)
(Câmara Brasileira do Livro, SP, Brasil)

Bugni, Edna
Solstício de verão / Edna Bugni. -- 1. ed. --
São Paulo: Primavera Editorial, 2008.

ISBN 978-85-61977-03-0

1. Ficção brasileira I. Título.

08-11103 CDD-869.93

Índices para catálogo sistemático:
1. Ficção: Literatura brasileira 869.93

PRI PRIMAVERA EDITORIAL LTDA
Rua Ferreira de Araújo, 202 8° andar
05428-000 São Paulo SP
www.primaveraeditorial.com.br
contato@primaveraeditorial.com.br

EDITORIA
Lourdes Magalhães

COORDENAÇÃO EDITORIAL
Tânia Lins

CONSULTORA LITERÁRIA
Betânia Lins

REVISÃO DE TEXTO
Patrícia Murari

CAPA
Paula Paron

FOTO DA CAPA
Jeff Foott / Getty Images

PROJETO GRÁFICO E DIAGRAÇÃO
Paula Paron

Este livro foi impresso em São Paulo, em dezembro de 2008,
pela HRosa Gráfica, Editora e Pré-impressão, para a Primavera Editorial.
As fontes usadas no miolo são Rotis Sans corpo 11,5/16 e Versailles corpo 10/16.
O papel do miolo é pólen soft 70g/m² e o da capa é cartão 250g/m².

Visite nosso site: www.primaveraeditorial.com.br